불안이
나를 더
좋은 곳으로
데려다주리라

불안이
나를 더
좋은 곳으로
데려다주리라

임이랑
에세이

수오서재

contents

chapter 1.

누가 뭐라 해도
내가 괜찮으면 괜찮은 거다

chapter 2.

조금은 참고 조금은 노력한다

chapter 3.

매일 흐트러진 중심을 다시 잡는다

prologue

페르난두 페소아의 《불안의 서》를 다시 읽기 시작했다. 최근 밸런스가 좋은 에세이와 아름다운 그림책, 필요한 페이지만 쏙쏙 골라 읽게 되는 실용서 같이 비교적 읽기 쉬운 책들만 주르륵 읽었더니 묵직한 독서가 그립다. 무슨 책을 읽으면 좋을까… e-book 목록을 훑어보며 고민하다 《불안의 서》가 눈에 띄었다.

독서의 밸런스를 찾고 싶어 시작한 이 결정에서 나는 많은 변화를 느끼고 있다.

처음 《불안의 서》를 읽었을 때는 아직 이십 대였다. 항상 어딘가 한구석 꾸준하고 따갑게 불안했던 나는 '불안'이라는 단어만 봐도 반응하는 사람이기에 오로지 제목 때문에 이 책을 택했다. 물론 '20세기 가장 아름다운 일기'라는 카피라이트도 한몫을 했지 싶다. 매일 일기를 쓰던 불안한 이십 대의 나에게 《불안의 서》라는 쓸쓸한 제목의 책이 진득하게 와닿았으리라.

그 무렵 나에겐 《불안의 서》 안의 단어와 문장은 몇 페이지를 연달아 넘기기 어려운 내용을 담고 있었다. 꽤 오랜 시간에 걸쳐 끝까지 읽고 나서는 책 속의 여러 문장이 마음에 콕 박혀서 괴롭다가 소화시키기 위해 곱씹기도 하던 기억이 떠올랐다. 제대로 이해하지 못한 부분이 수두룩했지만, 《불안의 서》는 어딘가 무게가 있고 확고한 철학을 담고 있다는 확신이 생겼다. 무엇보다 '책 읽는 나'를 내비치기에 딱 좋은 책이었다. "이 책은 정말 걸작이야" 같은 말을 내뱉었던 기억이 돌아와서 얼굴이 화끈거린다.

이십 대의 나는 대다수의 창작자에 대해 무조건적인 동경과 사랑의 마음을 가질 수 있는 사람이었다. 아, 얼마나 훌륭한 문화 소비자였나!

손 닿는 책과 음악, 영화와 그림마다 모두 사랑하던 시기를 지나 호불호를 정확하게 나눌 수 있고 내 나름의 진짜와 가짜를 가릴 수 있는 지금에 도착했다.

삼십 대 후반이 되어 다시 읽기 시작한 《불안의 서》에는 내가 기억하던 것보다 훨씬 여러 가지 함정이 숨어 있었다.

일단 1800년도 후반과 1900년도 초반을 살아가던 시인의 마음에 완벽히 동의할 수 없었다. 이십 대의 내가 숭배하던 화자는 사실 매우 여러 단계로 꼬여 있었고 주변 사람을 대하는 태도에 예의와 사회성이 결여되어 있었다. 화자가 가지는 예술가에 대한 너그러움도 21세기에 작가 겸 뮤지션으로 살아가는 내 마음으로 해석하기엔 오히려 불편한 지점이 수두룩하다. 예술을 직업으로 살아가는 사람이라고 해서 다른 직종의 사람들에 비해 더 우월한 존재라는 묘한 선민의식. 19세기에는 괜찮았을지 모르겠으나 21세기의 예술가로 살아가는 나는 동의하지 못하겠다.

이 책을 두 번째로 끝까지 읽고 난 후 내 머릿속에 어떤 생각들이 남게 될까?

일이십 대 시절 접했던 작품들을 다시 보는 것을 좋아한다. 작품은 항상 그 시절 그대로의 색감과 메시지를 유지하고 있지만 내가 달라졌고 시대가 달라졌다. 익숙한 해상도가 다르고 가끔은 맞춤법도 다르다. 더는 〈프리티 우먼〉도, 무라카미 하루키의 소설도 무조건 찬양하는 자세로 소비할 수는 없게 되었다.

가끔은 씁쓸하고, 가끔은 그 시절의 내가 왜 그렇게나 그 작품을 좋아했었는지 이해할 수 없어서 고개를 갸우뚱한다.

다행히 그 시절 뜨겁게 사랑했던 작품들을 다시 보다가 시대를 뛰어넘어서 여전히 아름답고 찬란한 것들을 발견하게 되면 그 기쁨은 배가된다. 지금의 나를 이루는 생각, 나의 미학을 이루는 시선과 친절한 말들이 예전에 사랑했던 작품 안에 고스란히 남아 있을 때 앞으로 다가올 사십 대의, 오십 대의 나도 비슷한 기분을 느낄 수 있을지 궁금해진다.

《불안의 서》를 처음 읽고 찬양하던 때와 다시 읽어보기로 마음먹은 지금. 그사이 세상의 많은 것들이 변했지만 나의 불안만은 그대로다. 그때나 지금이나 불안은 내가 예상하지 못한 순간에 뒤통수를 때리고 나를 무기력하게 만든다. 즐겁게 웃다가도 갑자기 몰아닥치는 괴로움에 땀을 삘삘 흘리게 되고, 얼굴의 근육을 마음대로 조절할 수 없고 가만히 앉아 있을 수도 없게 되는 불안한 상태가 괴로운 것은 당연한 이야기이다.

불안에 대처하기 위한 나만의 방법을 만들어 반나절씩 머무는 긴 불안이 찾아올 때마다 한 가지씩 꺼내어 다스려보기도 한다. 낮잠, 수영, 공원 산책, 요가, 식물 구경과 스티비 원더의 'Sir Duke'.

최근엔 조금 다른 각도로 불안에 접근하기 시작했다. 나는 불안을 아이라고 생각하기로 한다. 아무에게도 보이지 않는 아이, 키가 작고 조심스러운 아이, 그렇지만 본인이 원하는 것을 가질 수 없을 때면 한없이 사나워지는 아이.

사람 아이는 키워본 적이 없지만, 불안이라면 그동안 충분히 키워봤으니 불안한 자신을 혐오하고 차갑게 대하기보다는 불안과 나를 분리해서 생각하기로 한 것이다. 사람 아이는 잘 키워서 독립시키고 나면 좋은 친구 같은 사이로 발전할 조금의 가능성이라도 있을 텐데, 불안이라는 아이는 키우거나 자라날수록 좋은 친구로 자리매김할 가능성이 줄어든다는 사실을 명심하고 안전한 삶을 유지할 수 있는 최소한의 크기를 벗어나지 않도록 조심히 대해야 한다.

100점짜리 하루를 열망하지만, 불안과 함께라면 완벽한 하루를 살 수 없을 것이 분명하다. 그래도 다 포기한 상태로 0점짜리 하루를 마무리하는 것보다는 50점짜리 하루가 낫다. 불안이 나를 덮쳤을 때 당황하지 않고 그날의 일과가 완전히 망가지지 않도록 조심한다. 발뒤꿈치를 들고 살금살금 걷고, 천천히 꼭꼭 씹어서 먹고, 자극적인 상황에 노출되지 않도록 일정을 조절한다. 아이를 돌보는 동안 부모는 하고 싶은 일을 마음껏 할 수 없고, 아이와 함께 걸을 때는 천천히 걸음을 이어가며 조심해서 아이를 케어해야 하는 것처럼 말이다. 불안에 싸여 살아내야 하는 일상을 마치 아이를 데리고 함께 다녀야 하는 일상과 비슷하다고 생각하기로 했다.

오늘은 불안을 데리고 있어야 하니 음악을 들을 수 없어. 불안을 안심시켜야 하니 커피를 그만 마시는 게 좋겠어. 불안과 함께하는 중이니 공포영화는 다음에 봐야겠어. 불안을 재워야 할 시간이니 편한 분위기를 만드는 게 좋겠어.

불안이 나를 더 좋은 곳으로 데려다주리라 믿는다. 더 멀리 보고 더 예민하게 듣고 더 빨리 반응하게 도와줄 것이라고 생각한다. 불안을 완전히 떨쳐버릴 수 없다는 사실을 알고 받아들이고 나서 오히려 어떤 방식으로는 삶이 한결 더 편안해졌다. 포기할 것은 빠르게 포기하고, 지금의 내가 할 수 있는 일을 한다.

그렇게 오늘도 나는 나와 내 불안에 대해서 지나치게 많은 시간을 할애한다.

chapter 1.

누가 뭐라 해도
내가 괜찮으면 괜찮은 거다

두 번

첫 번째는 내가 열세 살이던 겨울. 사춘기를 맞이해 온 세상의 고통을 짊어진 아이일 때의 일이다. 까다로운 자아로 앞으로의 인생을 살아가게 될 것이라는 확신이 생기면서 세상의 불공평에 반응하기 시작했다. 부정적인 상황 앞에서 돌아서지 못하고 그 자리에 멈춰 무너지고 곱씹고 괴로워하기를 반복했다. 어렸을 때부터 시작된 상처와 괴로운 기억이 강렬하게 몰려들었다. 숨이 막혀서 견딜 수가 없었다.

창밖으로 뛰어내리고 싶었지만, 그냥 뛰어내리기엔 창문이 높았다. 줄자를 들고 추운 베란다로 나가서 바닥에서부터 창문이 시작되는 지점까지의 길이를 재곤 했다. 그러고 나면 의자의 길이를 재보았다. 의자에 올라선다면 충분히 뛰어내릴 수 있다. 나만 알아볼 수 있는 숫자를 일기장에 적어놓고 의자에 올라서 한참 동안 창밖의 눈 내리는 모습을 바라봤다. '머리부터 떨어지지 않으려면 다리에 무거운 물건을 묶고 뛰어야 할까?', '떨어질 때 큰 소리가 나겠지?', '누가 나를 발견할까?' 고민의 밤들이 쌓이고 또 쌓였다. 겨울이 봄으로 바뀌며 괴로움은 잦아들고 그 어느 때보다 더 많은 음악을 들으며 자연스럽게 열네 살의 삶을 이어갔다.

첫 번째 자살 충동은 봄과 함께 녹아내렸지만 두 번째는 봄에 피어났다.

그 봄, 나는 취소할 수 있는 모든 일을 취소하고 먹지도 자지도 못하고 울기만 했다. 몸에 남은 수분을 모조리 끌어 썼다. 갑작스레 누구도 믿을 수 없고 아무것도 보이지 않게 되자 다음 날 아침이 오지 않기를 바라기 시작했다. 제발 세상이 여기서 멈춰주면 안 될까?

침대에 누울 때마다 눈을 감고 아주 튼튼한 나무와 밧줄을 떠올렸다. 열셋의 내가 의자의 높이를 재던 심정으로 밧줄을 검색했다. 어떤 밧줄을 주문해서 어떤 나무에 걸면 무사히 죽을 수 있을까? 마로 만들어진 밧줄은 표면이 너무 거칠다. 면으로 만들어진 미색의 밧줄이 좋겠네. 너무 얇은 밧줄은 안 된다. 굵기가 12mm 정도면 충분할까? 20mm가 낫지 않을까?

밧줄로 목을 매는 것보다는 사고가 낫지 않을까, 생각하기도 했다. 오랜만에 집 밖에 나갔던 날 크게 음악을 들으며 걸어서 밤의 양화대교를 건너는데 기분 나쁜 기척에 뒤를 돌아보니 덩치가 큰 남자가 자전거에 앉은 채로 씩씩거리며 나에게 욕을 퍼붓고 있었다. 한강 다리의 좁은 인도는 보행자 우선 도로라 보행자가 있을 때 자전거를 탄 사람은 자전거에서 내려서 지나가게 되어 있다. 하지만 막상 다리를 건너다 보면 자전거가 벨을 울리고 보행자는 한쪽 끝으로 붙어 자전거를 먼저 보내주게 되는 상황이 빈번하다. 그날은 하필 길이 가장 좁은 구역에서 성질이 나쁜 사람을 만난 것이다.

뒤에서 벨을 울렸는데 비켜주지 않았다며 씩씩거리던 남자는 나에게 사정없이 욕을 퍼부었다. 단순히 그냥 멈춰야 했기 때문에 화가 난 게 아니었다. 뭔가 안 좋은 일이 있었는지 단전에서부터 끌어모아 올린 화를 나에게 몽땅 퍼부었다. 멍하게 듣고 있던 내 주변엔 시속 80km로 달리는 차들만 가득했다. 겁먹거나 사과할 줄 알았던 상대가 아무런 반응도 없이 본인을 바라보고 있다는 사실에 화가 났는지 그는 급기야 손을 올려 나를 때리는 시늉을 했다. '이 남자가 이대로 나를 때리고 내가 한강으로 떨어지면 어떨까? 그러면 그건 타살인가?' 생각했지만, 남자가 손을 올린 모습에 나도 화가 끓어올랐다.

'욕이라면 나도 잘해!' 한바탕 시원하게 되받아치고 나니 남자의 표정이 바뀌었다. '아, 이거 잘못 건드렸네' 하는 표정. 남자도 나도 같은 방향을 향해 가야 하는데 시원하게 욕을 쏟아낸 내가 어둠의 기운을 뿜어내고 있으니 어쩌지 못하겠다는 듯 남자는 오던 방향을 돌아 자전거를 끌었다. 나를 피해 자전거를 거꾸로 끌고 가는 남자의 뒷모습을 바라보며 '아, 결국 오늘도 못 죽었네' 생각했다. 죽을 수 있는 좋은 찬스라고 생각했는데 그는 요란한 빈 수레 같은 사람이었다. 아, 다행이다.

그 후로도 나는 매일 밤 밧줄을 검색했다. 검색에 매달리다 보니 내가 정말 원하는 건 죽음이 아니라 내 상황에서 벗어나 집중할 대상이라는 사실을 인정하게 되었다. 두 달을 울고 나니 우는 것도 지겨웠다. 수면제의 힘을 빌려 겨우 다시 잠을 자기 시작했고 넋이 나간 상태로 앉지도 서지도 못하고 온 집 안을 배회하는 것을 멈출 수 있었다. 최악을 벗어나야 또렷하게 보이는 것들이 있다. 나는 나아졌지만 혼자 힘으로는 일어날 수 없었기에 심리 상담을 시작했다. 어차피 계속 살아질 거라면 잘 살고 싶었다.

상담 선생님은 몸집이 작고 온화한 표정을 가진 분이셨다. 세션이 시작되어도 말을 뱉어내기 필요한 온도에 도달하려면 꽤 긴 시간의 예열이 필요했다. 밀도가 높은 이야기를 꺼내려다 보니 이야기를 시작하기도 전에 이미 지쳤다. 말을 시작하고 나면 내 눈에선 여지없이 눈물이 쏟아져 나왔고 휴지를 뽑아 눈물을 닦고 있자면 그제야 나보다 더 많이 울고 계신 선생님이 보였다. 치료가 반복되면서 나는 착실히 나아졌다. 대화가 편해지면서 매번 눈물 흘리는 선생님을 보고 '온종일 내담자들을 대하실 텐데 세션마다 저렇게 우시면 힘드셔서 어쩌지…' 걱정했다. 몇 달 만에 처음으로 타인을 걱정할 수 있는 마음에 다다랐는데 그 대상이 심리 상담 선생님이라는 점이 묘하다고 느껴졌다.

그가 보여준 것이 눈물이 아니라 적당한 공감의 끄덕임이었어도 나는 나아졌을 것이다. 낫고자 하는 마음으로 찾은 곳에 그가 있었고, 그는 정말 좋은 상담가였다. 상담 선생님의 도움과 함께 진심 어린 마음으로 손을 내

미는 조력자들 덕에 나는 긴 여행을 떠났다. 두 달간의 여행을 마치고 돌아온 후에는 6개월 동안 완전히 멈춰 두었던 일을 천천히 다시 시작할 수 있었다. 언젠가 모든 것이 부서진 그 봄의 이야기를 쓰고 싶다. 단어와 문장을 엮어서 그때의 나를 들여다보고 매만지고 싶다.

그때도 지금도 나는 도움이 필요한 사람이 되고 싶지 않다. 혼자 모든 것을 척척 잘 해내면서 주변에 도움을 주는 사람으로 살고 싶다. 그렇지만 그 어느 때보다도 더 어둠이던 시절 나에게 도움을 요청할 힘이 있어서 정말 다행이었다. 의자의 높이를 재고 밧줄의 두께를 결정하던 것은 모두 내가 살고 싶어서였다. 죽을 수 없는 이유를 만들어서 하루씩 더 살아내는 것도 살아가기에 꽤 괜찮은 방법인지도 모르겠다. 살다가 세 번째 네 번째 어둠이 찾아온다고 해도 하루씩 버티며 다시 온전한 내가 될 수 있기를.

나로 사느라 내가 참 고생이 많다

가끔 자발적인 광대가 된다. 사람들이 많이 모인 자리에서 주목받고 있자면 분위기가 고요한 상태를 잘 견디지 못하고 공기를 강하게 흔들어야 할 것 같은 충동이 느껴진다. 에너지가 있는 날이라면 그런 순간마다 반사적으로 자처해서 광대가 되는 편이다.

오랜만에 만난 지인들 앞에서는 스스로 단점을 드러내 비속어를 섞어가며 맛깔스럽게 나를 낮춘다. 우스꽝스러운 상황에 모두 깔깔 웃으며 즐거운 밤을 보낼 수 있다. 만족스러운 식사를 마치고 집에 돌아와서 다시 나를 위한 내가 되고 나면 '내가 또 《인간 실격》의 요조처럼 이상한 표정을 지었구나' 생각한다.

사적인 자리와 마찬가지로 공적인 자리에서도 종종 광대가 등장한다. 공연장에서는 티켓값을 지불하고 객석을 가득 채워준 관객의 마음에 감정을 이입한다. 편안한 집에 누워 있을 수 있는 시간에 돈과 시간과 에너지를 할애해 음악을 들으러 온 사람들을 보면 내 주머니 끄트머리 구석에 있는, 작아서 손가락으로 잘 잡히지도 않는 먼지 한 톨까지 모두 내어주고 싶은 마음이 된다.

분위기가 좋은 공연이라면 관객들은 어떤 말에도 깔깔 웃어준다. 우울감이 심해서 "요즘 너무 우울해서 죽고 싶다" 말해도 와르르 웃음이 터져 나오는 식이다. 오묘한 긴장감과 기대감은 공연장 안의 공기를 뭉쳤다가 흩트린다. 나와 마주하고 있는 사람들이 크게 웃으며 뿜어내는 에너지는 대단해서 결국 나는 속을 다 내보이고 만다. 적당히 감추고 내숭을 떨면서 전략적으로 '날이 선 창작자의 이미지'를 고수하는 편이 나을지도 모르겠다. 하지만 어차피 나는 그게 잘 안 된다.

북토크나 식물 관련 강연장이라면 이야기가 조금 다르다. 사적인 모습이나 음악으로 나를 만난 사람들이 아닌 책으로만 나를 접해온 사람들에게 나의 이미지는 매우 정적이다. '맑고 조용한 순간의 나와 식물들의 이야기를 글로 옮겨두었으니 당연하지!' 생각한다. 하지만 역시 조금의 즐거움도 없이 조곤조곤 자리를 마무리하는 결말을 견디지 못하고 "요즘 주가가 많이 내려가서 식물을 더 열심히 돌본다"라느니 "어제도 새순을 부러뜨렸다"는 둥 의외의 엉뚱한 말을 해서 비교적 착하고 다정한 광대가 되어 자리를 마무리하곤 한다. 그런 날엔 《인간 실격》의 요조보다는 로빈 윌리엄스다. 활짝 웃는 입 모양 뒤에 슬프고 다정한 그의 눈빛이 떠오른다.

광대인 내가 조금 안쓰럽기는 하지만 싫지는 않다. 남이 지적할 수 없는 나의 단점을 스스로 세상에 내보이는 것도 무섭지 않다. 그렇지만 왜 그렇게 반사적으로 광대가 되어버리는지, 어째서 사람을 좋아하면서도 사람들과 오랜 시간을 보내고 나면 시든 아보카도 나무처럼 생기가 사라지는지에 대해 생각한다. 종종 내 모습을 드러내고 사람들 앞에 서는 일이 괴롭게 느껴질 때마다 '사람을 상대하고 무대에 서는 것이 내 천성과 맞지 않는 일인데 연습을 통해 그럭저럭 해내는 중인 건 아닐까?' 생각한다.

일을 마치고 집에 돌아오면 나를 꽉 채우던 아드레날린과 엔도르핀이 사라지면서 요조도 로빈 윌리엄스도 아닌 광대뼈와 입꼬리가 한껏 내려가 무표정한 임이랑이 남는다.

아주 오랫동안 양극의 감정과 욕망에 시달려왔다. 여행을 떠나고 싶은데 침대에서 나가기가 싫고, 감자튀김을 먹고 싶은데 김치찌개를 먹고 싶고, 무대에 올라가고 싶은데 대기실에 숨고 싶고, 돈을 아끼고 싶은데 예쁜 가방을 사고 싶고, 가구 배치를 바꾸고 싶지만 작은 변화도 싫은 상태 말이다. 서로 반대되는 두 가지를 모두 원하는 내가 싫으면서도 좋다.

이제껏 나로 살면서 알게 된 아주 괴로운 사실이 한 가지 있는데, 서로 반대되는 두 가지의 욕망을 품고 있다면 그 두 가지 모두 해소되기 전까지 나는 계속해서 그 양 끝을 모두 원한다는 사실이다. 욕심쟁이 같으니라고!

결국 나는 여행을 떠나기도 하고 여행지의 침대에서 오랜 시간을 보내기도 해야 하며, 점심으로는 감자튀김을 먹고 저녁으로 김치찌개를 먹어야 한다. 무대에서의 나와 숨죽인 나를 모두 충족시켜야 하고, 적은 돈을 아껴가며 비싼 가방도 사야 한다. 어느 새벽 혼자 낑낑거리며 가구 배치를 바꾸고 나서 다음 날 새벽엔 다시 제자리로 되돌려둬야 한다.

언젠가 MBTI 유형 중 가장 모순적인 유형이 INFP라는 글을 본 적이 있다. '아, 그래서 그런가 보다… 이건 그냥 나의 기질이구나' 하며 이 끝과 반대의 끝을 동시에 원하는 자신을 받아들이려고 한다. MBTI나 별자리 운세, 띠별 운세를 쥐 잡듯 뒤져가며 오늘의 나를 설명할 수 있는 문장을 찾다가 빈 페이지를 열어 새로운 문장을 써 내려간다. 나로 사는 건 정말 피곤한 일이다. 임이랑 너 오늘도 정말 지랄맞다. 나로 사느라 내가 참 고생이 많다.

아이스크림 인생

나를 이루는 모든 것들이 마치 금방이라도 녹아서 흘러내릴 아이스크림처럼 느껴지는 밤이 있다.

'내 삶은 분명 저 아이스크림처럼 땅바닥에 뚝뚝 떨어지고 끈적하고 거무튀튀하게 말라 타인들을 괴롭히겠지. 한때 가졌던 색깔도 형체도 모두 의미 없어지겠지' 하는 마음이 조금씩 머릿속에 자리 잡기 시작하면서 자기혐오가 시작된다.

스스로에 대한 믿음이 흐려지고 객관성을 잃는다. 흙을 밟고 단단하게 두 발 아래 뿌리를 내리고 살아가는 기분이 사라진다. 한 발짝도 힘차게 뗄 수 없도록 물렁물렁하고 끈적한 갯벌을 걷는 기분에 접어들기 시작하면 마음속에 가둬두었던 어둠이 덮친다.

그런 밤이면 어김없이 괴로움에 몸부림치고 나쁜 생각을 끊어내고자 여러 가지 무기를 갖춘 채 싸워보지만 결국은 퍼렇게 날이 선 진검 앞에 수수깡을 들고 설치는 기분에 접어들고 만다. 결국 아무것도 끊어내지 못하고 입을 쩍 벌린 동굴 속으로 빨려 들어간다. 생각 끊기 연습을 아무리 반복해도 아직 부족한 모양이다.

이 세상에서 나를 가장 효과적으로 공격하는 존재는 바로 나 자신이다.

나는 나의 약점과 나의 모순, 감추고 싶은 비밀과 굳이 들추지 않는 게 이로운 사실들을 모두 또렷하게 기억하고 있기 때문이다. 이렇게 부정적인 감정은 아무런 노력을 기울이지 않았음에도 불구하고 쉽게 증폭된다. 내보이고 싶지 않은 것들은 아주 힘이 세다. 조금씩 잘게 모퉁이를 잘라 버리고 또 버려 천천히 작아지면 좋으련만, 오히려 커다랗고 어두운 마음이 덕지덕지 새롭게 달라붙은 어둠의 벽은 하루가 다르게 두꺼워진다. 나쁜 기억이 좋은 기억보다 훨씬 강력하다니, 인간은 만들어질 때부터 고통받도록 설계되어 있다는 나의 이론이 더 확고해진다.

'나는 어째서 그런 말을 했을까? 왜 이렇게 생긴 걸까? 오늘도 아무 생각 없이 시간을 보내다니 제정신인가? 고작 이것밖에 안 되면서 왜 자꾸 욕심을 낼까? 맛있지도 않은 케이크를 왜 끝까지 먹었을까? 어째서 이렇게 겁쟁이일까? 어차피 힘든 것을 알면서 왜 뛰어들었을까?

걸음걸이가 어쩜 이렇게 어정쩡할까? 말할 때 왜 자꾸 음- 하는 소리를 낼까? 자세가 왜 이렇게 구부정할까? 이번 달엔 필요 없는 지출을 왜 이렇게 많이 했을까? 먹지도 않을 영양제는 왜 또 샀을까?'

외모에 대한 비난으로 시작해서 어린 시절을 공격하고, 취향과 기질을 공격하고, 아주 오래전 저지른 작은 실수를 끄집어낸다. 스스로 주제 파악이 안 되냐며 조롱하다가 이리저리 빙빙 돌며 쑥대밭을 만든다. 자기혐오는 내 마음 가장자리에 작은 틈새를 비집고 들어와 조금씩 더 핵으로 전진한다. 잡히는 대로 자비 없이 모조리 공격하다가 결국 마지막에는 내 존재 자체와 창작물을 공격한다. 존재에 의문을 품는 것은 어리석은 짓일 뿐이다. 나는 태어났기에 존재하고 존재하기에 최선을 다해 옳은 방향으로 살아가고자 한다. 이성적으로는 분명히 알고 있다. 하지만 도대체 나는 왜 존재해야 하는 것일까….

탄탄한 자존감으로 무장하고 제법 어른처럼 살아가

다가도 트리거가 되는 상황 앞에서는 무참하게 무너지고 마는 것이 삶일까? 마음이 건강하지 못한 시기에는 분별력이 떨어져 어떤 것이 진짜고 어떤 것이 가짜인지 고를 수 없기 때문에 자기혐오의 피해는 점점 거대해진다. 나는 종종 나를 향한 혐오와 거세게 싸우다가 제풀에 꺾여 항복의 하얀 깃발을 흔든다. '네가 다 맞고 내가 다 잘못했어. 이미 나는 충분하고 넘치도록 내가 싫으니까 오늘은 제발 그만하자.' 약통 구석에 밀어둔 수면제를 반 알 집어 먹고 깜깜한 침대 속으로 숨어버린다.

자기혐오라면 누구에게나 뒤지지 않을 정도로 열심히 하고 살지만, 그렇다고 매일같이 나를 미워하기만 하지는 않는다.

어느 날 밤 몰아닥쳐서 나를 녹다운시키는 존재가 자기혐오라면, 매일의 소소한 일상 사이에 작은 요정처럼 뾰로롱 튀어나와서 나를 계속 걷게 하는 것이 자기애다. 자기애와 자기혐오는 얼마나 가깝게 닿아 있는지! 외모에 대한 애착으로 시작해서 즐거웠던 어린 시절을 떠올리고, 아주 오래전 겪었던 상황에서 단단하게 대처한 스스로에 대한 믿음으로 뻗어나갔다가 나의 취향과 기질에 대해 만족하곤 한다.

'그런 말을 한 건 센스가 있었어, 내 표정이 마음에 들어, 생각 없이 편한 하루를 보낼 수 있어서 좋다, 그래도 욕심을 내서 조금씩이라도 나아지는 것 같아, 단 음식을 먹고 나니 기분이 좋네, 조심성이 있어서 다행이다, 어차피 힘들 것을 알면서도 뛰어들 용기가 있어서 좋아, 느긋하게 걷는 게 좋아, 쓸데없는 단어를 뱉어버리는 대신 단어 사이에 뜸을 들이는 편이 낫지, 휘어버린 척추는 그만큼 열심히 연주해왔다는 증거겠지, 작고 쓸모없는 물건을 사서 기분이 좋았어, 면역력을 위해 영양제를 종류별로 구비해두는 것이 좋지.'

글은 참 재미있다. 가장 가까운 사람에게도 털어놓기 어려운 이야기를 이렇게 공식적으로 펼쳐놓게 한다. 저 멀리 있는 누군가 자기의 인생이 녹아 흐르는 아이스크림 같다고 느끼는 사람도, 일상에서 만나는 반짝반짝한 기운에 기대는 사람도 모두 혼자가 아니다. 우리는 모두 자기혐오와 자기애를 오가며 스스로 존재에 의문을 멈추지 않는 동료들이다. 내가 여기에 있고 당신이 거기에 있어서 다행이다.

흉터

흉터가 많다. 시작은 내가 세 살 때 전신에 화상을 입은 사고다. 다섯 살인 오빠를 따라 지구 끝까지라도 갈 기세였던 나는 오빠의 슈퍼맨 놀이에 동참했고, 5세와 3세 사이 점프 실력 차이로 오빠는 가뿐히 뛰어넘은 빨래 삶는 솥을 나는 뛰어넘지 못했다.

잠깐의 사고였지만 결과는 처참했다. 나는 몸의 왼쪽 넓은 부위에 화상을 입은 아이가 되었다.

엄마는 화상 드레싱을 하는 나를 붙잡고 매일 울었다고 한다. 어떤 밤에는 너무 괴로워하는 나를 안고 죽어버릴 생각으로 병원 옥상에 올라갔는데 옥상 문이 굳게 잠겨 있었단다. 잠긴 문 앞에서 다시 돌아선 엄마도, 그때의 기억은 아무것도 없는 나도 아직 무사히 살아 있다.

아파하는 나를 보던 엄마가 어떤 마음이었을지 상상만으로도 마음이 아파지니 되도록 그 생각은 피하려고 한다.

화상이 처음이자 마지막 사고였으면 좋았으련만 나는 유난히 사건, 사고가 많은 아이였다. 여덟 살 때는 트럭에 치이는 사고를 당해 전신에 깁스를 하고 1년간 병원에 입원한 일도 있었다. 외할머니는 급하게 병실에 들어오면서 “저 지지배가 지 애미 잡아먹네” 하고 화를 내셨다. 고작 몇 년 살아놓고 자꾸 큰 사고를 당하는 외손녀보다는 마음 졸이며 그 아이를 간호해야 할 본인의 넷째 딸이 더 안타까우셨으리라. 그렇게 화를 내며 병실로 들어서던 외할머니의 모습은 돌아가시기 직전까지도 내가 할머니를 떠올릴 때면 가장 먼저 복기되는 장면이었다. 누구보다도 자상하고 온화하던 할머니였지만 내 마음속에서는 어미 잡아먹는다며 내게 호통을 치던 모습으로 각인되어 있다. 어린아이의 기억에는 굉장한 힘이 있다.

겁이 많은 아이들이 덜 다친다고 하던데, 아이였던 나는 참 겁이 없었다. 일곱 살 때 거실에서 신나게 달리다가 라디에이터에 이마를 찧어 열 바늘 꿰맨 흉터와 열한 살 고적대 단원일 때 아코디언을 멘 상태로 넘어져 코 밑이 돌에 찍혀 생긴 흉터도 있다. 켈로이드 체질이라 내 흉터들은 늘 부풀어 올랐으며 붉게 성이 나 있었다.

남들이 보기에 가장 티가 나는 흉터는 얼굴의 흉터와

화상 흉터였다. 어렸을 때는 내 팔과 발에 크게 남은 흉터가 정말 거대해 보였다. 하나 마나 한 말이지만서도 화상 흉터는 정말 무섭다. 세 살 때 몇 초간 잠깐 닿았던 불이 내 피부에 스며들어 서른이 다 되도록 식지 않았다.

화상 자국이 깊게 남은 내 발이 얼마나 싫었는지 모른다. 겨울만 되면 건조함을 견디지 못해 찢어진 피부 사이로 피가 흘렀고 화상으로 엉겨버린 발가락을 억지로 잘라둔 자국이 여실했다. 엉겨 붙은 피부의 왼발과 멀쩡한 오른발을 비교하면서 자신을 혐오하던 시절이 길었다. 세상의 모든 혐오가 다 강력한 힘을 지녔지만 많은 종류의 혐오 중에서도 자기혐오는 특히 그 근육이 단단하고 쉽게 사라지지 않는다는 특징을 가지고 있다. 팔과 다리의 흉터는 최선을 다해 나를 미워하는 마음에 불을 붙여주었다. 뜨겁게 더운 여름에도 발등이 보이는 신발은 신지 않았다. 불이 끓어오르는 발등의 상처를 모두에게 가리고 살아야 했다. 평생 그렇게 살게 될 거라 생각했다.

그런데 어른이 되며 곰곰이 생각해보자니 내 흉터를

미워하게 된 이유는 약한 피부나 미적인 측면 때문이 아니었다. 피부가 당기면 보습제를 바르면 되는 거고 흉터는 이미 익숙할 대로 익숙해진 상태였다. 내가 나의 흉터를 혐오하도록 부추긴 것은 바로 내 흉터를 볼 때마다 얼굴을 찌푸리던 타인들의 시선이었다.

"여자아이 몸에 상처가 있어서 어떻게 하냐?"부터 시작해서 "얼굴에 흉터는 큰돈을 들여서라도 성형수술을 해야 한다" 등등 쉽게 한마디씩 던지던 사람들은 어째서 그렇게 남의 흉터에 대해 언급하고 단점에 대해 말하는 것을 서슴지 않았던 것일까? 글로 쓰기 너무 치졸해서 차마 옮기지 않는 이야기들까지, 지금의 나로서는 이해할 수 없는 너무 많은 이야기를 들으며 자랐다. 그런 이야기들이 내 안에 쌓이고 남아 나를 위축시키는 데 훌륭하게 작용하곤 했다.

머리가 굳어진 어른들의 잣대로 던지는 말들은 아이의 세상을 좁아지게 만든다. 아이가 자라면서 경험하게 될 세상은 어른이 이미 경험해온 세상과 다를 것이 분명하지만, 이미 정해진 길로만 사고하는 어른들은 아이들만큼 현명하지 못하다. 자꾸 본인의 고통을, 본인의 두려움을 약한 존재에게 인식시키곤 한다. 나는 절대로 아이들 앞에서 필요 없는 말을 내뱉지 말아야지. 아무리 다짐해도 어떤 순간에는 분명 재채기처럼 말도 안 되는 이야기가 튀어나오게 될 수도 있지만 그 이야기가 얼마나 잘못된 방향의 이야기인지는 아는 사람으로 살고자 한다.

자라나며 흉터는 나와 함께 자랐고 붉은 기운도 조금씩 옅어졌다. 너무 용감해서 몸에 흉터를 얻게 된 것처럼 마음도 용감해지기 시작하면서, 나만 다르다는 사실에 위축되지 않기로 했다. 날씨가 더워져 하복을 입기 시작할 무렵이면 늘 새로 사귄 친구들에게 내 흉터에 관해 설명해야 했다. 그래도 어른들에게 설명할 때와 다르게 친구들에게 이야기할 때면 마치 내가 치러온 전투를 설명하기라도 하는 듯 살짝 우쭐하기도 했다. 모두에게 설명할 수는 없었을 테니 직접 내 이야기를 듣지 못한 몇몇 친구들은 종종 내 팔을 가로질러 길게 펼쳐진 흉터를 보고 여러 차례의 자해 흔적이라 생각하기도 했다. 그래서였는지는 모르겠으나 '이건 나만의 특별함이야'

하는 묘한 마음도 조금씩 자랐다.

그 건강한 마음과 함께 나는 내 몸의 모든 흉터와 화해하기 시작했다. 누가 뭐라고 해도 내가 괜찮으면 괜찮은 거다. 스무 해를 넘긴 흉터들은 단단하게 내 피부와 다름없이 자리 잡아서 더 이상 겨울바람에 찢어지거나 붉게 성이 나지도 않는다. 흉터는 그저 흉터일 뿐.

이숙희 씨의 기쁨과 슬픔

언젠가 집에 놀러 온 친구가 엄마에게 가볍게 물었다.

"이랑이는 어렸을 때 어떤 아이였어요?"

질문을 받은 엄마의 복잡한 눈빛 속에 사건, 사고가 넘치던 나의 어린 시절과 엄마의 삼사십 대 시절이 스치며 울고 웃던 어린아이와 젊은 엄마의 모습이 보인다. 짧은 고민을 마친 엄마는 "이랑이는 감정 기복이 심한 아이였다"고 대답했다. 이숙희 씨다운 솔직한 답변이다.

나라면 나를 키우지 못했을 것이다. 손이 많이 가고 감정 기복이 심하며 무언가를 원할 때는 당장 손에 쥐어지지 않으면 큰일이 날 것처럼 욕심을 내고 하루에도 몇 번씩 어려운 질문을 던지는 아이를 양육하는 것은 난이도가 아주 높은 일이었을 것이 분명하다. 예민한 남매를 키우다 보면 물리적으로, 감정적으로도 지치는 밤이 얼마나 많았을까. 역시 임이랑을 양육하는 것은 전 세계에서 오직 이숙희 씨만 할 수 있는 일이었으리라.

유난히 탈이 많던 딸을 키운 시절 때문인지, 이숙희 씨는 어딘가 해탈한 사람 같은 면모를 가지고 있다. 기본적으로 편견이 없는 사람인 데다가 딸이 어떤 결정을 하든 그 결정에 관여하고자 하는 마음이 없고, 원하는 방식대로 해나갈 수 있도록 도와주겠다는 일관된 태도로 나를 대했다. 열린 마음의 이숙희 씨는 보편적으로 엄마가 딸들에게 요구하는 항목을 나에게 요구하지 않으며 본인의 스트레스를 나에게 전가하지 않기 위해 최선을 다했다.

한번은 지난밤에 꿈을 꿨다며 "같이 어딘가를 걷다가 네가 땅에서 거대한 금덩어리를 캐냈지 뭐야! 아마 너의 일이 어마어마하게 잘되려나 보다"고 흥분해서 이야기하는 엄마를 보고 '이숙희 씨는 내가 이뤄온 일들이 자랑스럽지만, 입 밖으로 꺼내지만 않을 뿐 사실은 내 삶에 거대한 금덩어리가 존재하기를 원하는구나!' 짐작하게 되었다. 내 삶에 대한 엄마의 태도가 쿨할 수 있는 것은 천성적인 것이 아니라 마음을 깎고 또 깎아 만들어낸 결과물이다. 그런 사실을 알고 있기 때문에 나는 농담처럼 "내게 이번 생에 부여된 행운은 좋은 엄마를 만나는 데 다 썼다"라고 대답하곤 한다.

스무 살에 시작한 자취가 독립으로 이어지면서 엄마와 함께 살던 시간과 엄마 없이 살아온 시간이 비슷해지고 있다. 엄마의 집과 내 집은 지하철로 33개 역, 차로 한 시간이 조금 넘게 걸리는 거리에 있다. 명절을 맞이해 본가에 간다고 해서 굳이 밤을 보내고 올 이유는 없는 거리다. 우리의 관계는 생활감 없이 서로를 더 객관적으로 바라보는 관계로 탈바꿈했다. 매일같이 개수대에 쌓인 설거지, 작은 방 창틀에 피어난 곰팡이, 유통기한이 지난 음식에 관해 이야기할 필요가 없어야지만 비로소 나눌 수 있는 대화가 있다.

더 이상 경제적인 지원이 필요하지 않아진 시점부터 나는 이숙희 씨와 아주 가까운 친구 같지만, 꼭 필요한 순간을 제외하고는 서로의 영역을 침범하지 않는 사이로 변해갔다. 이숙희 씨는 늘 조금 순진하고 열정적인 인생 선배이자 다정한 친구 같은 존재다.

각자의 살림을 꾸리고 사는 우리는 관계를 더 단단하게 해줄 공통점이 필요했다. 어설프게 느슨해지는 관계의 매듭을 발견할 때마다 이숙희 씨와 나는 서로를 더 가깝게 마주하기 위해 여행을 다니기 시작했다.

이숙희 씨가 가진 욕망은 나의 욕망에 비해 아주 투명하다. 좋은 것을 보며 탄성을 지르고 맛있는 것을 먹으면 즐거워한다. 공기가 청량한 곳에서는 눈을 가늘게 뜨고 불어오는 바람을 만끽하고 좋은 전시나 공연을 볼 기회가 생기면 황송해하는 그녀의 마음을 배우려고 한다.

바쁜 일상에 짬을 내어 떠나는 3박의 짧은 여행부터 먼 대륙으로 떠나는 한 달짜리 여행까지 함께 꽤 많은 도시를 걸어왔다.

낯선 공간에서 오감이 열리고 더 용감한 사람이 되는 건 이삼십 대의 나뿐 아니라 오륙십 대의 엄마도 마찬가지다. 여기가 아닌 다른 도시에서의 경험은 서로를 이해하기에도, 각자의 자아를 성장하기에도 훌륭한 경험이 되어주었다.

이숙희 씨는 나와 통화를 할 때마다 우리가 함께 다닌 도시의 이야기들을 꺼내어 곱씹곤 한다. 우리가 걸었던 거리, 황홀하던 빵 냄새와 뮤지컬을 보고 흥분했던 밤의 이야기를 두 번 세 번 다섯 번 열 번도 넘게 나눈다.

통화의 말미에는 늘 "우리가 코로나 직전에 무리해서라도 스위스에 다녀온 게 얼마나 다행이니" 하는 말로 끝맺는다.

여행으로 인해 큰돈을 썼다는 사실보다 우리 안에 남아 있는 기억과 추억이 훨씬 값진 것이기를 확인받고 싶은 이숙희 씨의 마음을 나는 아주 잘 알고 있다. 버터 향과 유럽의 거리가 느껴지는 듯한 통화를 마칠 때마다 우리의 관계가 얼마나 단면적이고 상쾌한지 깨닫는다. 함께 걷는 여행을 다닐 수 있는 상태인 이 시간이 아주 오래 지속되기를 바란다.

성악가가 되고 싶었지만 간호사가 되어야 했던 이숙희 씨, 당근마켓으로 자잘한 물건을 사고파는 게 즐거워서 당근 프로필 온도가 무려 50도나 되는 이숙희 씨, 에이라인 원피스의 등에 귀여운 자수를 놓는 이숙희 씨는 분명히 이 책이 세상에 나오면 초판을 사서 두꺼운 돋보기를 끼고 밤새도록 읽을 것이다. 그리고 스무 권쯤 더 주문해서 나에게 사인을 해달라고 수줍게 부탁할 것이다. 책을 선물로 받는 이모들과 엄마의 친구들은 어차피 책을 끝까지 읽지 않고 다음번에 나를 만났을 때 어김없이 언제 시집가냐 소리를 늘어놓을지도 모르지만 그것이 엄마의 입에서 나오는 잔소리가 아니라면 상관없다.

전화를 끊으며 "오늘도 전화해줘서 고마워. 딸 목소리를 들으니까 엄마는 행복하네" 하는 이숙희 씨의 마지막 인사를 들으며 나는 그 천성적인 다정함에 또 한 번 감탄한다. 나는 천 년을 살아도 그같이 다정한 사랑은 하지 못할 거다.

누구나 한구석은 뾰족하다

헤어숍에 가지 않은 지 10년이 넘었다. 파마나 염색은 지겹고, 머리가 너무 길어지면 거울 앞에 서서 직접 자른다. 자른 머리카락이 25센티를 넘을 땐 소아암 환우의 가발을 만드는 협회로 보낸다. 손이 많이 가지 않는 성질의 머리카락을 가져서 숍에 가지 않아도 사회적 체면을 유지할 수 있는 정도의 모양을 고수할 수 있다.

'중이 제 머리 못 깎는다'는 말은 낭설일 뿐이지만, 역시 직접 머리를 자르는 것은 평범한 일이 아니다. 어쩌다 누군가 왜 혼자 머리를 자르냐고 물어오면 '남이 망치는 것보다 내가 망치는 게 나아서'라고 절반의 진심이 담긴 너스레를 떤다. 나의 예민을 상대에게 온전히 보여줄 필요는 없으니 이 정도 대답이 적당하겠다.

사실은 조금 더 복잡하다. 처음 만난 헤어드레서가 내 머리를 만지기 시작하고 메이크업 아티스트가 얼굴을 만지며 말을 걸기 시작하면 속이 울렁거려서 매번 곤욕을 치르는 것이다. '이번엔 좀 다르겠지' 생각하고 다시 도전하는데 (그렇다, '도전'이라는 단어를 써야 할 만큼 결심이 필요한 일이다) 매번 새롭게 괴롭다. 배꼽 아래에서 나

비들이 날아다니기 시작하면 장기들이 꿈틀거리며 불편함을 표현하기 시작한다. 1분이 한 시간처럼 느껴진다. 이제 막 한쪽을 자르기 시작했는데 울렁증이 시작되면 온몸의 근육이 경직되면서 익숙한 패배감에 빠진다. 낯선 사람이 내 얼굴과 머리를 만지는 상황이 견디기 힘든 것이다. '헤어도 메이크업도 더는 힘 빳기기 싫다!'는 결론에 도달해 부족하더라도 알아서 해결하게 되었다.

몸도 마음도 예민하게 태어나고 싶은 사람은 없다. 적당히 덥고, 적당히 춥고, 뭘 먹어도 체하지 않고, 대단한 알레르기가 없고, 무리한 다음 날 적당한 근육통만 느끼는 튼튼한 몸으로 살 수 있다면 좋을 것 같다. 미리부터 과하게 걱정하지 않으며 어려움을 마주했을 때 그 어려움의 크기만큼만 괴로워하는 사람이면 좋겠다. 예민한 사람은 불편한 사람과 함께 밥을 먹으면 바로 체해서 가슴을 치며 고생하고, 무리를 하고 나면 제대로 고장이 나서 온종일 조금도 움직일 수 없게 된다. 다가올 일을 걱정하느라 오늘을 충분히 즐기지 못하고, 위기가 닥치면 녹다운되어 개점휴업 상태에 접어들기도 한다.

이유 없이 편도체가 날뛰지 않는 상태로 평안한 일상이 잘 지켜진다면 삶의 질은 훨씬 나아질 것이다. 그래도 우리 중 누군가는 타인보다 예민한 사람일 수밖에 없다. 누군가는 남들보다 빠르게 위험을 감지해서 대처해야 하므로 예민한 사람은 인류의 존재에 도움이 된다고 한다. '나의 존재에만 도움이 되면 안 될까, 어째서 인류의 존재까지 내가 짊어져야 할까….'

예민한 사람의 세계는 온통 지뢰밭으로 이루어져 있다. 도시의 수많은 자극과 사람들의 편견은 예민한 사람들을 더 예민해지게 만든다. 너무 많은 소리와 사람, 먼지와 냄새들이 가득하기 때문이다. 어떤 것에 비위가 상하고 어떤 상황에 상처받을지 알 수 없어서 웅크린 고슴도치처럼 지내는 날이 잦다. 한껏 웅크리고 살다 보니 운동 선생님들도 곤란해하는 라운드 숄더가 되고 말았다. "이랑 님, 등을 더 쭉 펴시려면 체형이 조금 바뀌어야 할 것 같아요…." 그러게요 선생님… 안도 밖도 더 쭉 펴고 살아야 할 텐데….

주변을 둘러보면 예민함은 나만의 고민이 아니라는 사실을 알 수 있다. 타인의 말소리를 견디지 못해 어디에서나 이어폰을 꽂고 생활하는 사람, 좁은 공간을 견디지 못하는 사람, 운전을 잘하면서도 고속도로 운전을 힘들어하는 사람, 후각이 지나치게 예민한 사람, 답답한 공기가 힘들어서 한겨울에도 창문을 조금씩 열어놓고 생활하는 사람, 깨끗한 상태에 집착하는 사람 등 '예민' 하면 어디서 둘째가라면 서러운 사람들이 잔뜩이다.

각자 몸의 컨디션이 다르듯 마음의 컨디션도 다르다. 위가 약해서 소화를 잘 못 시키는 사람이 있는 것처럼 불안에 취약한 사람도 있다. 멈춰 있는 위를 운동시키기 위해 산책을 나서거나 소화제를 먹듯 불안이나 우울 같은 마음의 상태에도 각각의 대처방안이 필요하다. 누구나 한구석은 예민하고 날카롭다. 사랑하는 사람들의 뾰족함을 감싸 안으려 노력하는 동시에 나의 뾰족함도 받아들여지기를 바란다.

나의 까다로움에 익숙하게 살다가도 밝고 배려심이

넘치는 사람 곁에 서면 맑은 느낌을 받는다. 호의로 가득 찬 태도와 똑바른 눈빛, 좋은 기운을 뿜는 사람 옆에 선 덩달아 긍정의 힘이 생긴다. 밝은 사람과의 짧은 대화를 통해 가끔은 그가 사는 세계를 경험하는 기분이 들기도 하는데 그 세상은 나의 세상보다 훨씬 아름다우리라 선불리 짐작한다. 일반화의 오류를 99,999번째 범하는 순간이다.

타인의 세계를 속단하기는 쉽다. 그건 세상에서 가장 쉬운 일 중에 하나다. 나이, 종교, 거주지, 얼굴 생김새, 체형, 학벌이나 가족관계, 소유한 차종이나 재산의 종류 중 몇 가지 정보만으로도 금세 타인을 다 알겠다는 듯 단정 짓고 만다.

밝은 사람은 무던한 성격을 지닌 사람이라고 쉽게 오해받고 말지만, 사람은 그것보다는 좀 더 복잡한 존재다. 충분한 사랑을 받고 티 없이 자라 큰 어려움을 겪지 않고 에너지가 넘치기에 밝은 사람들이 있는가 하면, 본인의 예민함을 다스리며 최선을 다해 사회적으로 밝은 사람이고자 노력하는 사람들도 있기 때문이다.

나는 티 없이 밝은 사람들보다는 상처와 어둠을 다스

리고 세상의 선과 악을 이해하는 동시에 밝은 사람들을 사랑한다.

각자의 마음엔 닫아두는 편이 안전한 방이 있다. 그 뾰족한 방의 문을 단단하게 닫은 상태로 타인을 마주하기에는 노력이 필요하다. 배려와 친절에는 체력도 쓰인다. 타인을 향한 선의에도, 적당한 도덕성을 유지하는 데에도 마찬가지로 노력과 체력이 쓰인다.

나의 예민함을 무기로 두르고 뾰족하게 살아가기보다는 예민하지만 안전한 사람으로 살아가고 싶다. 내가 그려둔 동그라미 안에 갇혀서 점점 더 좁아지지 않으려면 예의와 친절을 위한 체력을 열심히 키워둬야겠다. 계속해서 스스로 다듬고 의심해 나가는 과정을 가진다. 나의 한 부분인 예민을 지울 수 없다면 예민함도, 밝은 마음도 함께 안고 가려고 한다.

오늘 나의 장래 희망—예민하지만 즐겁고, 예민하지만 편안한 사람.

outgrow

outgrow

미국식 [aʊtgroʊ] **영국식** [aʊtgrəʊ]

동사

1. **(옷 등에 비해 사람의 몸 등이) 너무 커져 맞지 않게 되다**
   She's already outgrown her school uniform.
   그녀가 벌써 너무 자라 교복이 안 맞는다.

2. **…보다 더 커지다[많아지다]**
   He's already outgrown his older brother.
   그는 이미 형보다 더 커졌다.

3. **나이가 들면서 …을 그만두다[…에 흥미를 잃다]**
   He's outgrown his passion for rock music.
   그는 나이가 들면서 록 음악에 대한 열정이 식었다.

성장의 소리를 들은 적이 있다. '쨍그랑!' 하는 날카로운 소리가 한참 단잠에 빠져 있던 나를 0.1초 만에 현실로 빨아올렸다. 파괴의 소리는 2층에서 들려왔다. 순식간에 깊은 수면의 바닥에서 현실로 쑥 빨려 올라와 2층에 가보니 최근 많이 자란 필로덴드론 마요이 화분이 바닥에 뒹굴고 있다. 귀여운 도토리 모양 토분은 형체를 알아볼 수 없게 산산조각 났고 화분 속에 가득 차 있던 뿌리는 드디어 자유를 찾았다는 듯 바닥에서 마음껏 뒹굴고 있다.

짐작하건대, 아마 아주 작은 양의 수분이 이파리 끝에 가닿은 순간에 일어난 낙하였으리라. 아슬아슬하게 균형을 잡고 있던 화분이 새벽의 성장에 힘입어 드디어 마음 놓고 선반 아래로 떨어진 것이다. 화분이 제대로 서 있을 수 없는 지경까지 자랐는지 전혀 몰랐기에 먼저 미안한 마음이 들었다. 식물깨나 키운답시고 여기저기에 글도 쓰고 수다도 떨지만 덤벙거리는 성격 때문인지 초보적인 실수도 끊이지 않는다. 사건 현장을 바라보고 있자니 '도토리 모양 토분이 얼마더라?' 하며 아까운 마음이 스쳐 지나간다.

천천히 화분을 치우고 아직 잠의 세계를 헤매고 있는 눈을 비볐다. 그래서 지금 내가 해야 할 일은 뭐지? 비몽사몽 분갈이!

분갈이는 이제, 마치 내게 밥 먹는 것처럼 자연스러워

진 행동 중 하나다. 손에 흙이 묻는 것도, 엉킨 뿌리를 정리하는 것도 모두 즐겁다. 많이 자란 식물을 큰 화분으로 옮겨주려고 원래의 화분에서 꺼내 보면 분명 몇 달 전까지만 해도 빈약하던 뿌리가 튼실하게 자라 서로 얽혀 마치 내 손으로 작은 우주를 길러낸 것 같은 성취감을 안겨준다. 가드닝은 정말이지 건강하고 정직한 방식으로 즐거운 취미가 분명하다.

마요이를 옮기면서 영양이 가득한 흙으로 나의 사과를 대신한다.

식물은 대부분의 시간을 정적이며 조용하게 내 곁을 지키지만 이처럼 파괴적인 사건의 주인공이 되기도 한다. 물론 성장의 파괴성은 그 자체로 대단하지만 말이다.

마요이가 조금 더 성장해 더 이상 도토리 모양 화분에서 견딜 수 없었던 것처럼 사람들 사이에서도 성장의 파괴성이 존재한다. 한쪽이 주어를 꺼내면 상대가 동사를 맞추고, 한쪽이 먹고 싶은 음식을 떠올리면 상대는 이미 그 음식을 알고 있는 관계, '우리'라는 단어가 마치 당신과 나를 위해 존재하는 것처럼 꼭 맞는 그런 관계조차 서로의 성장을 견디지 못하면 결국 산산이 조각나고 만다.

언젠가는 조각이 되어 흩어질 관계라도 그 시작은 설레는 사건으로 가득하다. 나와 전혀 다른 체계를 가진 타인을 깊이 받아들이며 세계가 확장되는 순간은 마치 마법 같다. 상대의 눈을 통해 보는 나의 가능성은 그동안 스스로 느껴왔던 모순과 한계에서 벗어나 자아를 성숙하게 하는 계기가 되기도 한다. 내가 해낼 수 있으리라 상상하지 못했던 일들을 해내면서 좋은 관계는 안팎으로 사람을 성장시킨다.

운이 좋다면 함께 보는 영화, 함께 듣는 음악, 함께 걷는 길, 함께 먹는 음식과 좋은 대화, 충만한 표정과 고백으로 서로에게 꼭 맞는 존재가 될 수도 있다. 그런데 세상은 우리가 서로에게 꼭 맞는 존재인 바로 그 순간에서 끝나지 않는다. 삶은 영화가 아니고, 숨만 쉬어도 변하는 것이 사람인지라 자아의 성장과 로맨스로 빛나는 순간은 흐르기 마련이다. 관계는 다음을 맞이하게 된다. 마법 같은 공기는 사라지고 모순에 빠진다. 어떤 무작위성에 의해 결국 변화에 도달하고야 만다.

변화는 아무렇게나 생겨난다. 평소보다 조금 이르게 도착한 봄의 탓일 수도, 지난밤에 마신 마지막 커피 한

모금의 탓일 수도, 한 곡의 노래 탓일 수도, 어리석은 욕망의 탓일 수도 있다. 여지없이 티끌만 한 틈이 생기고 만다. 틈이 조금씩 벌어진 어느 순간부터는 티끌이 모래알이 되고, 모래알은 자갈로, 자갈은 돌멩이로 변한다.

관계에 끼어든 티끌을 후! 불어버리고 다시 보폭을 맞추어 걸을 수 있다면 다행이겠지만 어떤 관계는 모래알과 자갈을 끌어안게 된 순간부터 계속 더 엇나가게 되고 완벽하게 맞물린 톱니바퀴 같던 두 사람은 결국 물과 기름처럼 겉돌고 만다. 결국은 페이지를 덮어야 하는 순간을 마주하게 된다.

이별의 순간 인간은 얼마나 많은 눈물을 흘리고 생산성 저하로 얼마나 큰 고통을 겪게 되는지…. 좋은 관계는 사람을 성장하게 만들지만, 이별의 순간엔 세상의 모든 법칙과 이념, 상식과 질서를 뛰어넘는 일들이 일어난다. 그동안 관계를 통해 성장했던 것보다 백 보는 뒤로 퇴화한다. 서로 다른 방향으로 자라난 것을 이유로 오랜 시간 아슬아슬한 외줄 타기를 한다.

그런데도 나는 자꾸 사랑이라는 것을 한다.

세상에서 가장 슬픈 단어를 꼽으라면 나는 outgrow를 고르겠다. 몸과 마음의 성장통 같은 이 단어는 종종 나를 얼어붙게 한다.

사람과의 관계뿐만 아니라 물건이나 집 혹은 식물과의 관계에서도 종종 너무 커져 맞지 않게 되었음을 느낀다. 식어버린 열정과 많이 자라나 더는 맞지 않게 되어버린 나를 발견할 때마다 세상이 끝난 것처럼 슬프다. 아마도 어떤 세상은 정말로 끝이 나서 구겨지고 작게 흩어져 눈으로도 마음으로도 볼 수 없게 사라져버렸을 것이다. 꼭 맞던 존재가 더 이상은 꼭 맞지 않게 되는 슬픔을 반복해서 겪으며 살아가는 것이 삶인가 보다. 하지만 세상이 끝난 자리에는 다른 세상이 피어난다. 아직 단순한, 아직 망쳐지지 않은 작은 세상을 손바닥 위에 올려두고 어떻게 하면 꼭 맞을 수 있을지, 어떻게 하면 더 오래도록 소중하게 꼭 끌어안을 수 있을지 고민한다.

너무 커져 맞지 않게 되었다는 것.

어떤 시대의 끝.

마침표.

.

그럼에도 불구하고

스케줄 사이에 틈이 나면 비행기표를 뒤지고 비어 있는 날짜에 맞춰 떠날 수 있는 나라의 지도에 표시한다. 떠나지 못하는 날이 길어지며 반들반들한 복도의 공항을 미끄러지듯 걷던 기억, 비행기 시간에 늦지 않기 위해 급하게 집어먹던 감자튀김, 면세품을 찾느라 게이트의 이 끝에서 저 끝까지 왕복하다가 비행기를 탈 때쯤엔 이미 기진맥진 지쳐버린 감각도 그립다.

막상 다시 그 순간이 오면 헉헉거리며 출발 전부터 지친다고 생각할 게 뻔하지만. 여행에 있어서 정말 귀찮고 싫다고 생각하던 단계—가는 도시마다 앱을 깔고 신용카드 번호를 입력해야 하는 우버와 그랩, 밤 비행기를 타고 한숨도 못 잤지만 12시간 후 기진맥진한 상태로 도착한 도시에서 무시무시한 직사광선을 맞는 일, 심심치 않게 겪는 인종차별과 어리숙한 여행자에게 푼돈을 뜯으려고 눈에 불을 켜고 있는 사람들—까지도 모두 그리워진 것을 보니 여행이 정말 간절하긴 한가 보다.

이 도시 저 도시로 떠나기 위해 가장 중요한 루틴은 식물들이 죽지 않도록 조처하는 일이다. 특히 긴 여행을 떠나기 전이라면 아주 철저한 준비가 필요하다. 2주를 넘기는 장기 여행엔 별수 없이 주변 친구에게 물 주기를 부탁해야 하지만 식물을 키운 기간이 길어짐에 따라 나는 식물과 조금씩 더 길게 떨어져 있을 수 있도록 연습을 해왔다. 식물에 이렇게 진심이기 전의 나라면 '뭐 그런 연습이 다 있어!' 하며 웃겠지만, 지금의 나에겐 정말 중요하고 진지한 연습이다.

하나의 식물은 하나의 세계를 가지고 있다. 식물은 이파리마다 각자의 역사와 기억을 기록한다. 나는 그 세계를 목격하고 관여하며 식물의 세계와 나의 세계를 연결하고 분리한다. 장미가 병충해에 시달렸던 겨울에 쓴 글, 알로카시아가 사흘이 멀다고 새순을 올리던 봄에 듣던 음악을 기억하며 식물과 나의 다음을 기대하는 식이다. 병충해에 시달렸던 장미가 커다란 꽃을 피워낼 무렵 새로운 책을 펴낼 수 있다면 '시행착오를 겪으면서도 무사히 살아가고 있는 중'이라고 생각한다.

컨디션이 바닥을 치는 날에도 식물들에 물을 주기 위

해 침대를 박차고 일어난다. 마음이 건강한 시기에는 식물들도 건강하고 풍성하게 잘 자라주지만, 블랙홀처럼 어두운 기운에 잡아먹히는 기간에는 식물도 몸살을 앓는다. 화분 위에 시든 이파리가 쌓이고 그사이에 자리 잡기 시작한 해충에 결국 병들고 만다. 건강한 마음과 건강한 정원을 유지하기 위해서는 끝없는 관심이 필요하다. 식물 키우기의 필수 덕목을 한 가지만 꼽으라면 나는 '곁에서 꾸준히 바라보는 마음'을 꼽겠다. 그렇지만 식물에 이렇게나 진심인 내게도 종종 다른 대륙의 공기와 낯선 언어를 쓰는 도시에서의 감각이 필요하다.

몇 번의 시행착오를 거치고 난 후 이제는 열흘 남짓 떠나 있어도 어떤 식물도 죽이지 않는 데이터를 구축했다. 그간 건강하게 돌봐온 보상으로 식물 각자에게 맞는 물 주기와 통풍을 제공하지 못했다고 해도 열흘쯤은 떠날 수 있는 권리를 획득한 것이다. 떠나기 전날 저녁엔 테라스에 사는 식물들부터 비상 체제에 돌입한다. 쨍쨍 내리쬐는 햇볕 아래에서 열심히 광합성을 하던 식물을 그늘로 옮겨두고, 철저한 계산하에 내가 없는 기간 동안

목이 말라서 죽지 않을 만큼의 물을 부어두거나 급수기를 꽂는다.

한참을 테라스에서 물과 씨름하고 난 후에는 집 안의 식물들을 돌볼 차례다. 이틀이 멀다고 물을 줘야 하는 작은 화분의 식물들은 한군데에 모아서 커다란 화분 받침에 물을 잔뜩 받아두고 퐁당퐁당 담근다. 흙이 없이 공중에 매달려서 사는 행잉 플랜트는 미리 과할 만큼 잔뜩 물을 먹이고, 창가의 화분은 창문에서 떨어뜨려 빛과 열로부터 차단한다. '내가 없는 동안 좀 천천히 느릿하게 지내렴. 제발 죽지 말고 내가 무사히 충전을 마치고 돌아올 때까지 기다려줘.'

이렇게 열심히 대비해두고 여행을 다녀오면 식물들은 어쩐지 신이 난 듯 한껏 자라 있다. '내가 없어서 더 잘 자란 건가?' 싶은 기분이 들 정도다.

기본적인 식물의 생육은 해와 바람과 물의 밸런스가 잘 맞아야 한다. 하지만 이 생육 방식을 거꾸로 이용해 해와 바람을 차단하고 생육을 느려지게 만들어 물을 덜 필요로 하는 상황이 되게 하는 것이 나의 떠나기 위한 치트키다. 비실비실한 식물들을 물에 풍덩 담가두고 여행을 떠난다면 여행에서 돌아올 때쯤 모두 줄기가 물러 죽어버릴 테니까 곁에 있는 동안에는 더 필사적으로 돌본다. 돌보아야 할 식물 친구가 늘어나면서 일상은 즉흥성과 점점 멀어진다.

내 식물은 내가 필요하다는 느낌. 나는 이 식물들 때문에라도 조금은 더 이 세계에 발붙이고 살아갈 이유를 얻는다는 기분을 좋아한다. 내 눈에 극명하게 보이는 내 식물의 기분은 타인의 눈에는 쉽게 보이지 않는다. 나만 알고 있는 내 식물의 사정은 타인들에게는 전혀 중요하지 않으니 보이지 않는 것도 당연하다.

며칠 전엔 이파리가 커다란 필로덴드론 화분에 물을 주다가 '나의 식물들 곁에서 돌봄을 제공하는 일은 내가 아니면 안 되는 일이야!' 생각했다. 하지만 퍼뜩 '아니, 사실 내가 아니라도 누구든 할 수 있는 일이잖아' 깨닫고 말았다. 나의 세계를 돌보는 것은 그저 이파리의 윤기, 흙의 밀도를 볼 수 있는 사람이라면 누구나 할 수 있는 그런 일일지도 모른다. 내 식물에 내가 필요한 것이 아니라 오히려 반대로 나에게 내 식물이 필요한 것이다. 나의 집착, 나의 특별함을 무너트리는 생각에 혼자 상처받고 만다. 종종 이렇게 길어지는 생각 속에 시무룩해지는 내가 좀 별꼴이다. 적당한 시점에 생각을 자르는 연습이 한참 더 필요하다. 어쩐지 이렇게 나만의 연습들이 늘어난다.

꽤 오랜 시간 동안 '대체 불가능'이라는 가치가 최우선적인 가치라고 생각해왔다. 언젠가 디어클라우드의 새 앨범이 나왔을 때 좋아하던 음악방송 PD님에게 '디어클라우드만의 대체 불가능한 음악'이라는 칭찬을 듣고 정말 기뻤던 기억이 있다. 그 후 어떤 일을 해도 '대체 불가능하게 해내야지!' 하는 마음이 생겼다.

내가 아니면 아무도 할 수 없는 일, 내가 아니면 채울 수 없는 마음, 꼭 나만 할 수 있는 대화, 내가 아니고서는 누구도 차지할 수 없는 자리. '내가 아니면 안 된다'는 생각은 정말이지 달콤해서 내가 대체 불가능한 사람이라는 사실은 나의 자의식에 불을 지피고 활활 타오른다. 그러나 그렇게 피어난 자의식 과잉과 과도한 욕심의 수

명은 그리 길지 않다. 선부른 마음은 예외 없이 나를 자학의 밤으로 이끌곤 한다.

작가로서 대체 불가능한 영역에 대해 생각한다. 글의 장르와 문체, 문장의 무게감과 시대성을 따져보자면 나의 이야기들은 쉽게 분류될 수 있는 카테고리에 속해 있을 것이 분명하다. 아마도 꽤 높은 확률로 9,999권의 다른 책과 함께.

음악가로서의 영역도 마찬가지다. 경우의 수를 따져보자면 누구도 쓰지 않은 멜로디, 누구도 붙이지 않은 코드는 이미 이 세상에 존재하지 않는다. 편안한 멜로디에 일부러 골 때리는 코드를 붙이기도 하지만 역시 타인의 귀에는 조금 불편했던 모양이다. 치기 어린 도전은 다시금 당연한 코드로 제자리를 찾곤 한다.

그래도! 어쩌면! 혹시라도! 만에 하나! 나를 제외하고는 아무도 쓸 수 없는 것들이 있을 거라 생각을 하며 조금이라도 더 다르게 쓰겠다고, 단 한 사람이라도 더 나의 문장과 멜로디에 감명받고 그 전율이 심장까지 닿으리라 생각하며 나만의 색을 입혀보려고 용을 쓰고 몸부

림을 친다.

하지만 이미 알고 있다. 세상에 나만 쓸 수 있는 글과 나만 쓸 수 있는 멜로디는 없다. 마찬가지로 나만 돌볼 수 있는 식물도 없다. 나 없이도 세상은 어떻게든 굴러가게 되어 있다.

내가 아니어도 괜찮겠지만, 그럼에도 불구하고 내가 해보겠다는 자세로 다시 또다시 고개를 들고 살아간다. 아주 조금이라도 각도를 틀고, 아주 조금이라도 더 진실하게 다가서고, 아주 조금이라도 채도를 달리한다. 결국, 내가 겪어보고 깨져봐야 정말 내 뼈와 근육에 새겨지는 것투성이인 세상에서 나의 실패 나의 실수를 멍청하다고 깎아내리지 않고 나만의 것을 만들어 나간다. 나는 여전히 대체 가능한 존재 중 가장 대체 불가능한 존재가 되고 싶다.

요시고

올겨울엔 요가복과 기모 트레이닝복, 잠옷 이외엔 아무런 의복도 소유하지 않은 사람처럼 살고 있다. 편안한 밴딩 팬츠와 룰루레몬의 얼라인 원단을 벗어나기는 정말 어렵지만, 오늘은 기필코 좋아하는 코트를 입고 외출을 하기로 했다. 오늘의 목적지는 벌써 몇 개월째 이어지고 있는 요시고의 사진전이다. 오픈 때부터 가고 싶어서 기웃거렸는데 이미 다녀온 친구들의 '사람이 너무 많다'는 후기에 겁을 먹고 포기했지만, 봄까지 전시를 연장했다고 하니 정말 안 볼 수가 없네!

요시고는 어쩜 이름부터 요시고일까! 쿨한데 젠체하지 않는 이름이다. 그는 날 때부터 거슬릴 것 없는 시원시원함을 타고난 것일까? 간결하고 군더더기가 없어 지구의 누가 읽기에도 큰 저항이 느껴지지 않는 발음과 이미지의 딱 적당한 이름 아닌가. 그의 이름과 작품이 얼마나 잘 어우러지는지 생각하며 새삼 감탄한다. 전시를 보다가 알게 된 사실이지만 그에게는 호세 하비에르 세라노 에체베리아Jose Javier Serrano Echeverria라는 길고 거창한 본명이 있다. 만약 그가 '호세 하비에르 세라노 에체

베리아'로 활동했다면 서울에서 이렇게 오랫동안 주목 받는 전시를 열기는 힘들지 않았을까? 이름에서부터 시작되는 이미지메이킹의 중요성을 다시금 실감한다. 역시 나도 내 글에, 멜로디에 좋은 이름을 지어줘야겠다.

갤러리 앞은 부지런하게 모여든 사람들로 북적였다. 평일 오전의 조용한 서촌의 골목이 이렇게 인산인해라니 생각보다 목마른 사람들이 많은가 보다. 티켓을 구입하고 30분쯤 기다렸다가 갤러리에 들어섰다.

전시장에는 요시고의 인스타그램 계정을 통해 작은 디지털로 만났던 사진들이 거대한 아날로그로 걸려 있었다. 곡선의 벽에 자리 잡은 부다페스트의 작품들이 특히 좋았고, 사막을 찍은 사진들을 모아둔 전시관의 바닥은 모래로 장식되어 있었다. 한겨울의 서울이 아니라 한여름의 두바이에 서 있는 듯한 현장감이 느껴졌다. 그렇지만 갤러리를 나서면서 가장 진하게 기억에 남아 있는 장면은 넓은 바다에서 나체로 수영하는 뒷모습을 담은 아름다운 사진이 아니라 셀카를 찍던 사람들과 3분에 한 번씩 어깨를 부딪친 기억이다. 인스타그래머블한 전시의 장점이자 단점이다. 혼자 갤러리를 찾은 나는 결국 마음이 움츠러들어 최선의 관람을 하지 못했다. 어느 정도는 예상했지만 그래도 역시 서운하다. 뭐든 '할까 말까 할 때는 하자'고들 하는데 이번엔 마는 편이 나았을까?

'인스타그래머블'이라는 단어로 많은 것들이 설명되는 세상에 살고 있다. 인스타 음식, 인스타 카페, 인스타 화장품 등의 단어는 국어사전에 등재될 가능성이 없으나, 동시대를 살며 SNS와 가까이 지내는 사람이라면 누구나 바로 알아들을 수 있다.

알록달록한 색깔과 형태가 돋보이는 디저트부터 시작해서 풍실한 크림커피를 파는 카페와 근사한 나무로 만든 가구, 예쁜 양말, 매끈한 숙소까지 인스타그램이 이루어낸 세계관은 이미 삶의 전반에 침투해 있다. 감각적인 것을 좋아하는 사람들이라면 그 단정한 결을 지나치기가 쉽지 않다. 빠꼼이 기질을 타고난 나도 인스타그램 피드에 많은 에너지를 쏟고, 알고리즘이 전해주는 정보를 따라 소비하거나 여행길에 나서기도 한다.

나 역시 요시고처럼 나의 창작물을 홍보하기 위해 인스타그램, 트위터, 유튜브를 통해 열심히 나와 내 생각을 내보이는 중이다. 감출 것들과 내보일 것들을 철저히 선별하고 '보여주고 싶은 나'를 내놓기에 급급한 날도 많다. 정성껏 사진을 찍고 여러 장의 사진 중 가장 잘 나온 사진을 고르고 어떤 문구를 올릴지 어떤 해시태그를 달지 고심한 후 공유 버튼을 누르고 나면 금세 말끔한 피드 하나가 업로드되지만, 인스타그램에 어울리게 톤 앤 매너를 지키려고 어떤 문구를 쓸지 고민하는 나는 정말 쿨하지 않다. 전력을 다해 노력한 듯한 피드보다는 툭 던지듯 올리는 피드가 더 쿨한데, 쿨함과 쿨하게 보이는 것 사이의 간극은 아주 깊다.

심리적으로 약해졌을 때 인스타그램 피드에 집착하며 대인관계에 대한 괴로움과 스스로에 대한 자괴감을 느낀 밤이 얼마나 많던가. 결국 일로 사용하는 계정이 아닌 개인적인 계정에는 자주 들어가지 못하게 되었다.

십 대 청소년들이 인스타그램으로 인한 불안감과 우울증이 증가하고 있다는 조사 결과도 있다. 전혀 놀랍지 않다. 십 대뿐만 아니라 SNS가 초래하는 심리적 불안 상태는 전 연령에 기반하는 현상 아닐까? 과다 정보의 독을 명확하게 알고 있으면서도 별수 없이 SNS의 파급효과에 기대지 않을 수 없는 시대를 살고 있다.

요시고의 전시를 다 보고 나서 조용히 서촌을 걸었다. 전시장에서 느낄 수 없던 호젓함이 골목골목 숨어 있었다. 근처에 사는 친구가 느지막이 깨어나 함께 마당이 근사한 카페에서 티타임을 즐겼다. 한옥의 구조를 살리고 하얀 테이블로 인테리어를 마친 그 카페도 아주 인스타그래머블한 공간이었다. 이렇게 추운 날도 너는 아이스 아메리카노를 마시는구나. 전시가 이랬어 저랬어 그런데 나는 마음이 좀 쪼그라들었어. 우리 옛날에 라이언 맥긴리 사진전 갔을 때도 오늘 같은 기분이었는데 말이야. 너랑 같이 갔었다면 우리도 신나게 사진을 찍고 그 분위기에 녹아들었을까? 바르셀로나에 산다는 81년생 작가는 자기 작품이 이런 형태로 소비되는 게 어떤 기분일까? 나라면 기쁠 것 같아. 가장 현대적인 형태로 사랑받으면서 소비되고 돈도 버는 거잖아.

마당에 앉아서 문이 열리기를 기다리던 치즈냥이 한 마리가 잠시 문이 열린 틈을 놓치지 않고 카페 안에 들어와 따뜻한 바닥에 등을 비비고 있다. 아무도 놀라지 않는 것을 보니 이미 이곳에선 익숙한 일인가 보다.

카페 앞의 커다란 감나무에는 서울의 새들이 모여 앉아 몇몇은 남은 감을 먹고 몇몇은 경쾌하게 지저귀고 있다.

'아스팔트 위에 떨어진 감이 여러 가지 형태와 질감으로 거리를 물들이고 있는 모습도 나름대로 미술적인가' 하며 오랜만에 신은 구두로 반쯤 얼어붙는 감을 밟지 않도록 껑충 뛰어 걸음을 옮긴다. 서촌의 풍경이 한껏 더 예술적으로 보이는 건 모두 요시고 덕분이겠지. 이렇게 추운 날에 새들은 어디에서 잠을 잘까.

chapter 2.

조금은 참고 조금은 노력한다

까만 고양이와 흰수염고래

머릿속에 섬광이 스치듯 찌릿하게 새로운 단어나 멜로디가 들어차는 순간이 있다.

뇌에서 작은 폭발이 일어나는 것 같은, 찰나에 벌어지는 사건이다. 때마다 나는 어마어마하게 혼란스럽고 마음이 바빠진다. 이건 나의 무의식이 나에게 던져준 선물일까 아니면 저주일까? 갸우뚱하며 머릿속에 떠다니는 것들을 부여잡아 문장으로 만들거나 멜로디로 만든다. 아주 드물게 때로는 아무것도 하지 않는다.

이런 섬광, 작은 폭발은 준비된 상태를 싫어한다. 무언가를 만들겠다는 의지가 끓어오르는 상태로 책상에 앉아 있을 때는 잘 찾아오지 않으면서 아주 깊은 잠에 빠지기 직전인 침대 위에서, 한참 머리에 부걱부걱 거품을 내는 샤워기 아래에서, 너무 추워서 핸드폰을 꺼내 들기도 괴로운 겨울밤 길 위에서 불쑥 찾아온다. 새로운 주제와 아이디어는 다루기 가장 난감한 순간에 '이래도 나를 잡을 수 있겠어?' 시험하듯 찾아온다.

영감은 마치 골목길에서 우연히 만난 까만색 고양이 같다. 고양이는 내 손에 닿지도 가까이 오지도 않지만 내가 조심스럽게 다가간다면 내 주변을 맴돌며 자기를 관찰하게 둔다. 잡힐 듯 말 듯 가까웠다 멀어지는 고양이가 나의 의식을 맴도는 동안 나는 최선을 다해 그를 묘사한다. 어렴풋이 느껴지는 색과 형태를 떠올리고 어떤 소리를 내며 담벼락으로 뛰어올랐는지 기록한다. 햇빛 아래 빛나는 눈빛을, 사뿐사뿐 걷는 말랑하고 예쁜 발을, 들릴 듯 말 듯 아주 작게 우는 소리를 표현한다. 때로는 몇 초에서 몇 분, 때로는 몇 시간에서 며칠로 이어지는 까만 고양이와의 시간은 매혹적이고 근사하다. 고양이가 나를 관통해 지나간 자리에 빈털터리가 된 내가 남는다.

어떤 순간에 번뜩일지 알 수 없는 이 폭발은 분명 내 것이지만 내 것이 아니다. 내 손에 쥐어진 것이 좋은 주제인지 알맞은 멜로디인지 나로서는 알 수 없다. '이게 아닌데…' 하는 생각이 끼어들면 거기서 막혀버린다. 이성이 끼어들 틈을 주지 않고 발전시킨다. 쓰면서도 안 될 창작물들은 '이 글은 어차피 안 되는 글'이라든지 '이 멜로디는 절대로 곡이 되지 못할 멜로디'라는 부정적 기운이 어렴풋이 느껴진다. 그 불길함을 못 본 척하고 그 순간만큼은 최선을 다한다. 그러다 보면 종종 '어차피 안 될 것'이 '가장 근사한 것'이 되기도 한다. 그렇게 새로운 것들이 탄생한다.

얼마 전 앙리 마티스의 전시장에서 "영감이 오기를 기다리지 말라. 영감은 열중하고 있을 때 찾아온다Don't wait for inspiration, it comes while one working"라는 문장을 보았다. '아… 이 양반 나랑 생각이 다르네….' 죽기 직전까지 지독하리만큼 작업에 매달렸던 마티스의 삶은 작업으로 빼곡하게 채워져 있던 모양이다.

마티스와는 다르게 나는 열중하지 않을 때 영감을 만난다. 그 순간이 오면 글이든 곡이든 하나를 전체적으로 완성해두어야 결국 쓸모를 얻을 가능성이 생긴다.

30퍼센트, 40퍼센트 펼쳐둔 글과 멜로디는 조각난 채로 배열하고 앞뒤를 바꿔본다. 덕지덕지 엉망진창인 결과물을 손에 쥐고 여기저기 사포질하고 기름칠해본다. 하지만 역시 한 번 끊어진 가능성을 다시 훌륭하게 이어 하나로 만들어내기는 어렵다. 매번 슬픈 결론에 도달한다. 글과 음의 조각들은 여기저기로 굴러다니다가 결국 쓰이지 못하고 버려진다.

창작자라면 누구나 '너무 안 써지는 시기'를 마주한다. 그렇지만 '너무 잘 써지는 시기'라는 건 없다. 간혹 작업이 잘되는 시기에도 나는 더 좋은 작업을 꿈꾸고 더 이상적인 상황을 위해 계속 더 빠르게 노를 저어 나간다. 적당히 거절하고 적당히 만들면 좋을 텐데 고양이의 마음은 내가 결정할 수 있는 게 아니다. 한참 동안 공을 들여도 좋은 것이 나오지 않는 시기를 지나다 보면 '아, 이제 나는 끝났어'라는 감정을 만난다. 이럴 때 비슷한 일을 하는 친구들의 존재는 정말 소중하다. 창작자 친구들과 함께 서로 자기가 끝났다며 불행 배틀을 시작한다. 공식적으로 전시되는 불행 배틀은 싫지만 이렇게 가벼운 블랙 코미디처럼 펼쳐내는 불행 배틀은 즐겁다. 작게 쪼개어 가장 믿음직스러운 사람들에게만 나의 불행을 잠깐씩 보여준다. 잠깐 나의 밖으로 노출된 불행은 전처럼 강력한 힘을 발휘하지 못하고 모서리가 뭉툭하게 변해간다.

영감이 골목길에서 우연히 만나는 까만 고양이라면 슬럼프는 안양천에서 흰수염고래와 함께 헤엄치는 것 같은 기분이다. 몸길이가 30m는 족히 넘고 무게는 150t이나 나가는 거대한 고래가 좁은 강을 가득 채우고 있으면 내 시야에는 흰수염고래를 제외한 그 무엇도 들어오지 않는다. 고래의 부피를 못 이겨 강의 부력이 사라지다시피 하고 어디로 손을 뻗어도 흰수염고래의 단단한 피부가 만져질 뿐이다. 숨이 차올라도 열심히 발버둥 쳐서 최선을 다해 고래를 뒤로하고 앞으로 헤엄쳐 나가는 것이 슬럼프인지도 모르겠다. 고래는 무슨 죄가 있길래 내 상상 속에서 자꾸 좁은 안양천에 몸을 욱여넣고 있는 것인지…. 흰수염고래 선생님들, 부디 넓고 깨끗한 바다에서 마음껏 헤엄치며 건강하게 지내세요!

영감은 아무리 가져도 더 가지고 싶다. 어떤 자극과 착상이 형태가 없는 결과물이 되는 것. 그 근사하고 신비로운 일.

사회적으로 협의가 이뤄진 상식, 고정관념, 여러 가지 이념과 이즘들이 내 머릿속에 단단하게 칸막이를 치기 전에는 자가 검열 없이 더 많은 것들을 더 빠르게 만들어내곤 했다. 세상에 불편한 것들이 많아지면서 작품 속에서 피해야 할 지뢰 같은 주제와 사람이 빼곡해진 지금은 더 신중하게 두드려가며 누군가에게 상처가 되지 않을 결과물을 고르고 펴낸다. 이전보다 훨씬 효율이 떨어지는 창작자가 된 기분이지만, '이쪽이 옳다'는 믿음으로 돌다리를 두드리며 건넌다.

마음처럼 만들지 못하던 어느 날 신세 한탄처럼 "뭔가 만드는 건 신내림 받은 거랑 비슷한 것 같아요. 신이 올지, 어떤 순간에 찾아올지 알 수 없다는 점도 그렇고요" 하고 털어놓았더니 최근 곡이 잘 안 써진다는 선배는 "어, 그 신은 나를 떠났어" 하며 아련한 여운을 남겼다. 하지만 선배도 나도 그 신이 언젠가 다시 찾아올 것을 알고 있다. 우스갯소리로 신내림과 영감을 비교하곤 했지만, 삶의 모퉁이를 돌며 그곳에서 줍는 감정들을 곱게 다루고, 세상을 향한 레이더를 켜두는 동안에는 나를 찾아온 신이 잡신인지 아니면 큰 신인지를 스스로 결정해 나갈 수 있다는 점에서만큼은 창작과 신내림은 확연히 다르기도 하다.

잘 살아야 한다. 옳은 결정을 하되 그 반대의 결정도 이해할 수 있는지 헤아려본다. 구질구질한 과거의 상처 속에 진주가 생겼는지 헤집어본다. 어째서 스스로 이렇게 잔인하게 굴고 있는지 생각하면서도 자꾸 손을 휘저어 손끝에 아주 작게 느껴질 작고 단단한 진주를 찾는다. 때로는 손을 휘젓다가 제풀에 지쳐 쉽게 나가떨어지기도 하지만 결국은 다시 섬광에 이끌려 한참 동안 천장을 바라본다.

1월 16일

작년 크리스마스를 본가에서 가족들과 함께 보낸 것을 마지막으로 삼 주가 넘도록 아무도 만나지 않고 지냈다.

지난가을에는 일주일 동안 공연 두 번(그중 한 번은 무려 지방 공연), 합주 한 번, 연재 마감 한 개, 강연 두 번, 라디오 녹음 두 편을 하는 식으로 스스로 한계까지 몰아붙이는 스케줄을 소화해냈기 때문에 나에게 연말에서 연초로 이어지는 겨울을 온전히 선물했다. '열심히 사느라 수고했다, 나여. 이제 실컷 늘어져봐라!' 하는 마음으로.

집에서 보내는 연말은 싱겁고 무해하게 흘러갔다. 온종일 잠옷을 입고 보내는 삶은 굉장하다. 책을 보다가 이파리를 닦고, 음악을 듣다 말고 긴 낮잠을 잘 수 있는 일상이라니 이 얼마나 축복받은 형태의 삶인가! 10년 가까이 이어오던 연말 공연을 할 수 없다는 사실에 조금 우울하기도 했지만, 성인이 되고 처음으로 심심한 연말을 보내게 되었다는 사실에 마음속 한 부분이 뜨겁게 열광하기도 했다.

느긋하게 시간이 남아도는 기념으로 해리포터 시리즈를 전부 몰아 봤다. 아마 세 번째 정주행이다. 역시 헤르

미온느가 가장 매력적인 캐릭터임을 확인했고, 볼드모트가 얼마나 고뇌하며 한결같이 노력하는 캐릭터인지 깨달았다. 이름도 부를 수 없을 정도로 두려운 악당이 되기 위해서는 저렇게 온몸을 불태워가며 끊임없이 노력해야 하는구나. 빈둥빈둥 누워서 시간을 보내는 동안은 무서운 악당이 될 수 없다. 해리포터를 시작으로 나는 배고픈 가오나시처럼 그동안 미뤄두었던 콘텐츠들을 폭식하기 시작했다.

시간이 나면 듣고 보고 읽으려고 리스트업해 둔 책과 영화와 음악을 빠른 속도로 해치우기 시작했다. 코로나 이후로 다시 대유행이라는 《페스트》를 읽고 무거워진 마음의 밸런스를 찾으려 히가시노 게이고의 소설을 읽었다. 그 유려한 문장들이 막힘없는 리듬을 타고 이루는 이야기 속에 빠져서 지내다 보니 어느새 1월도 중반에 이르렀다.

이번 주부터는 다시 일의 세계로 돌아간다. 나와 콘텐츠들과 배달 음식만이 존재하는 이 안전하고 완벽한 세계를 벗어나야만 한다. 푹신한 쿠션이 대여섯 개 놓인 기모 잠옷의 세계를 떠나 작업실 컴퓨터 앞에 앉아 새로 시작하는 연재 원고를 쓰고 라디오 준비를 하고 음악도 만들며 머리를 열심히 굴려 살아가기 시작해야 한다. 나만의 겨울방학을 마칠 때가 왔다.

어제는 올해 들어 처음으로 지인들과 마주 앉아 식사를 했다. 갑자기 잡힌 식사 약속에 이른 아침부터 심장이 쿵쾅쿵쾅 뛰기 시작했다. 잠옷을 벗고 차를 타고 먼 동네까지 가야 하며, 두 명 이상의 사람과 마주 앉아 두 시간 이상을 보내야 한다는 사실에 불안이 시작된다. 가기 싫은 자리에 가는 것이 전혀 아니다. 오히려 보고 싶은 사람들과 함께 정말로 맛있는 식당에 가기로 한 것이다. 하지만 불안은 어떤 사람들을 만나든 어떤 자리에 가는지와 전혀 상관없이 불어닥치곤 한다. 불안은 그런 거니까.

좋아하는 녹색 원피스를 입고 작년에 구입했지만 올해는 아직 입지 못했던 까만 코트를 입고 오랜만에 화장까지 마치고 나니, 차려입고 버건디색 로퍼를 신은 내 모습이 어색하다. 늘어날 대로 늘어난 사회적 근육이 부디 제 역할을 무사히 마쳤으면 좋겠다는 마음으로 심호흡하며 식당에 도착했다.

새하얀 테이블 앞에 앉아서 식사를 시작한다. 애피타이저로 카르파초를 먹고 있던 일행들에게 "오늘 왜 이리 순수해?", "왜 계속 죄지은 강아지 같은 표정이야?"라는 이야기를 들었을 때 사회적 근육이 늘어져 버려서 그렇다고 대답하지는 못한다. 그런 식으로 주목받고 싶지 않다. 나의 불안을 이야기의 주제로 꺼내어봐도 효과적인 결과가 나오지 않을 것이 분명하다. 불안의 먹이가 될 이야기는 꺼내고 싶지 않다. 조금은 참고 조금은 노력한다. 그렇게 다시 사회적 근육을 키워나가기 시작한다.

이제 이런 식으로 쓰는 근육과 음악 하는 근육, 라디오 부스에서 말하는 근육들도 서서히 키워나가려고 한다. '역시 이렇게까지 쭉 늘어지는 건 별로 좋은 생각이 아니었나…' 잠시 후회해보지만 조용한 연말과 단절된 연초의 달콤함이 어마어마하게 근사했기 때문에 아마 같은 상황이 온다면 또다시 늘어질 수 있는 만큼 늘어지리라.

그런 근사한 시간을 보냈고 이제 다시 종종 불안하고 조금 힘들거나 화가 나고 완전 지쳐버리기도 하는 세계로 돌아간다.

이 글을 시작으로 한 해를 시작해보려 한다. 글 쓰는 근육이 깜짝 놀라 뒷걸음질 치려는 것을 억지로 불러서 잡아 앉혔다.

루틴

모처럼 일찍 일어난 어제는 아침부터 기운이 펄펄 넘쳤다. 먼저 유산균을 한 알 집어먹었다. 이어 따뜻한 물을 한 컵 마시고 짧게 스트레칭했다. 마음이 맑은 에너지로 가득 차는 기분이 들었다. 온 집 안 식물들의 안위를 확인하며 시든 이파리를 정리하고 화분에 물을 주고는 그간 미뤄왔던 창고 정리를 했다.

내 창고에는 수십 가지 종류의 흙과 각종 지지대, 친환경 해충 퇴치제들이 가득하다. 한쪽 구석에 놓인 커다란 여행 가방 두 개는 흙먼지만 뒤집어쓰고 있다. 엉망으로 섞여 어지럽던 흙을 정리하고 나니 마음이 개운했다. 길이와 굵기가 모두 다른 지지대들도 탁탁 털어 창고 벽에 가지런히 세웠다. 어차피 깨끗한 상태로 얼마 버티지 못하고 금세 다시 흙투성이가 될 것이다. 그러고 나면 그날의 내가 또 말끔히 치우기를. 창고 정리까지 마치고 나니 허기가 밀려왔다.

냉동실에 잠들어 있는 치즈 식빵 한 장을 토스터에 데운다. 일반 식빵을 데울 때처럼 바로 철판 위에 데우면 치즈가 토스터에 눌어붙어 곤란하게 될 것이 뻔하니 하야 법랑 트레이에 올려놓고 식빵의 양면을 노릇하게 굽기 시작한다. 죽은 치즈 식빵이 노릇하게 구워지는 동안 냉장고의 가염 버터를 꺼내어 손의 온도로 적당하게 녹인다. 치즈 식빵을 토스터에서 꺼낼 즈음에는 버터의 겉면이 더 이상 차갑지 않을 정도로 녹아 있다. 좋아하는 빵과 버터 그리고 좋아하는 과일을 곁들여 아침 식사를 마치고는 차곡차곡 메일함에 도착해 있던 이메일에 답장하고 일정을 확인한다.

강연과 공연, 기고, 〈식물수다〉 녹음이 너무 다닥다닥 붙어 있지 않도록 최선을 다해 틈을 마련하며 새로운 일정을 잡는다. 잡무 처리를 마치고 빌 에반스의 〈Alone〉 앨범을 들으며 다음 달 연재 원고를 시작한다.

나는 글을 쓸 때는 음악이 없으면 전혀 쓰지 못한다. 그렇다고 아무런 음악이나 들을 수 있는 것도 아니다. 보통 뭔가를 쓸 때는 목소리가 포함된 음악을 듣지 못한다. 네 개 이상의 악기가 함께 연주하는 곡도 들을 수 없다. 작년엔 한없이 늘어지는 음악을 틀어놓고 글을 쓰곤 했다. 그런데 이상하게 타자를 치는 속도가 느려지고 자꾸 어두운 이야기만 써 내려가게 되었다. '이렇게는 안 되겠구나'라고 생각한 이후로는 리듬이 적당히 당겨지지만 그렇다고 정신을 사납게 만들지는 않는 음악들을 주로 듣는다. 그런 의미에서 칠리 곤잘레스나 빌 에반스의 음악은 완벽한 배경음악이 되어준다. 이 두 사람의 앨범이 없었다면 나의 밥벌이가 얼마나 힘겨웠을지, 생각하면 아찔하다.

일상에서는 '완벽하다'는 단어를 그리 자주 쓰지 못한다. 완벽이라는 단어에는 흠이 얼마나 많은지 내가 어떤 문장에 쓰고 나면 꼭 그 문장에서 지시한 바가 완벽하지 않다는 것을 발견하게 된다. '또 완벽함의 함정에 빠졌군' 하며 곤란해진다. 그렇지만 작업용 배경음악으로 정말 완벽한 〈Alone〉 앨범은 'here's that rainy day'를 시작으로 앨범의 문이 열린다.

빌 에반스는 오른손으로 높은음의 불안을 연주하는데, 그 불안은 네 마디를 넘기지 않고 부슬비가 내리는 쌀쌀한 날 따뜻한 산장에 앉아서 뜨거운 코코아를 마시는 느낌의 부드러운 연주로 바뀐다. 그러니까 이런 식의 진행이 나에게는 마치 '자, 이제 작업을 시작해야지! 정신 차려!' 하다가 금세 '다 잘 풀릴 거야. 너답게 해보도록 해~' 하는 느낌을 주곤 한다. 빌 에반스의 응원을 받으며 순조롭게 원고 작업을 마쳤다.

하루 동안 이미 충분히 많은 일을 해냈지만, 여전히 몸 구석구석 에너지가 남아 집 근처 공원에 산책을 다녀왔다. 바람이 강하게 불어서 산책길의 플라타너스들이 스산하게 흔들렸다. 마치 다음 날을 예고하는 전주곡처럼 몸을 부르르 떨었다.

그렇게 생산적으로 건강한 하루를 보낸 이후 아홉 시간 동안 숙면했는데 눈을 뜨면서부터 '오늘은 망했다'는 기분이 덮쳐왔다. 전날 너무 많은 기운과 단어를 끌어다 쓴 것이다. 그동안 나로 살아봐서 알게 된 것 중 하나는 오늘 같은 날 나에게 함부로 일을 시키거나 무리해서 밀어붙인다면 더 오랜 시간 동안 일하는 회로가 먹통이 되어버린다는 사실이다.

오늘 가기로 마음먹었던 전시회를 포기하고, 집 앞 카페에서 작업을 하겠다는 야심 찬 계획도 접어두고 일단 소파에 앉아서 멍하게 식물들을 바라보기 시작한다.

오랜 시간 프리랜서로 살아온 선배들을 보면 다들 자기만의 루틴을 만들고 그 루틴을 정확히 지켜나가면서 건강한 삶의 방식을 지키는 경우가 많다. 루틴은 정말로 중요하다고 한다. 훌륭한 사람들이 입을 모아 루틴의 중요성에 대해 읍소하는 것을 보면 루틴의 중요성을 의심할 이유는 없는 것 같다. 재택근무자에게 루틴이 없으면 일상은 한없이 늘어지고 식생활은 점점 더 자극적인 형태가 되고 낮잠을 밤잠처럼 자게 되고 밤에는 지나치게 오랜 시간 동안 핸드폰을 보면서 다음 날의 에너지를 갉아먹게 된다.

루틴의 중요성을 너무나 잘 알고 있어서, 나도 건강하고 오래도록 일하는 프리랜서 선배들처럼 살고 싶어서 여러 가지 루틴을 만들어 지키고자 부단히 노력해왔다. 아침에 일어나서 물을 마시고 유산균을 먹고 스트레칭하고 침대 정리를 하는 루틴을 만들고 싶어서 루틴 관리 앱을 깔아 짧은 조각조각의 루틴을 지키도록 노력해보기도 했다. 그렇지만 아침에 해치우면 좋을 일들을 관리 앱에 입력하고 각 행동에 맞는 소모 시간을 고민해 3분, 5분 적어 넣는 데에는 한 시간도 넘게 걸렸는데 막상 아침이 오면 그 앱을 열어보기가 싫다.

'오늘은 좀 피곤하니까', '오늘은 그냥 자유롭게 지내고 싶으니까' 하면서 미뤄두다가 결국은 앱을 지운다. 결국 내가 꾸준히 지킬 수 있는 루틴은 1. 오전 중에 식물 돌보기 2. 작업할 때는 단순하고 아름다운 연주곡 듣기, 이 두 가지뿐이었다.

분 단위로 짜인 루틴이 없이도 나는 오래도록 일하는 프리랜서 선배가 될 수 있을까? 아니면 결국 나도 언젠가는 루틴을 몸에 익히고 살아가게 될까? 십수 년 차 프리랜서는 오늘도 고민이다.

오늘의 나는 누구인가?

몇 주 전엔 어느 지방의 국군 방송 위문 공연의 대기실에 앉아 있었다.

보통 야외 공연의 대기실은 비와 바람만 겨우 피하도록 비닐 천막으로 만들어진다. 가끔 자본력이 탄탄한 록 페스티벌에서는 에어컨을 빵빵하게 틀어둔 컨테이너를 대기실로 사용하곤 하지만 그마저도 내한 아티스트들에게만 제공되는 경우가 많다. 주최 측의 입장에서 생각해보자면 천막을 치고 아이스박스에 맥주와 탄산음료를 잔뜩 제공하는 쪽이 훨씬 합리적인 가격에 일을 처리하는 방식일 것이다.

무대 위에서는 우리보다 먼저 공연하기로 되어 있는 걸그룹이 노래를 부르는 소리가 크게 들리고 있고 연신 인공 안개를 뿜어내는 기계를 사용하는 중인지 대기실까지 공기가 매캐하다. 바로 옆 칸에서는 우리 다음 차례로 무대에 오를 재즈팀의 트럼펫 연주자가 손을 풀고 있는 소리가 나지막하게 들려오고 비닐 천막이 바람에 이끌려 굉음을 내며 이리저리 끌려다니는 동안 시간은 천천히 지나간다. 혼란의 연속이다.

무대에 오르기 전 적당히 경거망동한 에너지가 내 안에 잔류해야 무대에서의 시간을 무사히 보낼 수 있기 때문에 대기실에서의 시간은 중요하다. 가볍게 떠오르는 마음은 실수를 야기하고 무겁게 가라앉는 마음은 곡을 느리게 들리게 만든다. 적당한 마음의 상태를 유지한다.

우리는 세 곡을 연주하기로 되어 있다. 저녁 식사를 마치고 내무반에서 편하게 뒹굴뒹굴하며 티브이를 시청할 군인들을 위해 우리는 첫 곡을 미디엄 템포의 응원가로 시작해서 디어클라우드의 노래 중 가장 신나는 노래로 무대를 마무리한다.

공연을 무사히 마치고 집으로 돌아오면 작가로서의 시간이 시작된다. 마감이 가까운 연재 원고를 마무리해야 하는 것이다. 빠르게 현관 비밀번호를 누르고 손을 씻고 악기를 꺼내어 제자리에 둔다.

내가 열여섯이던 시절부터 나와 함께 전 세계를 누빈 나의 빨간색 베이스기타는 할 일을 끝내고 온도와 습도가 편안한 제자리에서 휴식을 취한다.

원고를 빠르게 정리해 담당자에게 이메일을 보낼 수

있으면 좋으련만 두 가지 색깔을 지닌 하루는 그렇게 호락호락하게 흘러가지 않는다. 문장을 짓기엔 이미 너무 지쳤고 집이 너무 지저분하다. 뜨겁게 샤워를 한 다음 작업방 쓰레기통을 비우고 커피를 내린다.

마감을 앞두고 있자면 책장의 먼지 하나하나가 커다랗게 보이고 제습기의 필터를 청소하지 않았다는 사실이 떠오른다.

'어휴! 이런 나로 사느라 내가 정말 고생이 많다.' 스스로 되뇌며 바닥을 깨끗하게 닦아내고 제습기 필터를 물에 씻은 후 책상 앞에 앉는다. 결국 다들 잠든 고요한 밤이 되어서야 드디어 쓸 준비를 마친다.

뮤지션인 나는 너저분하고 어수선한 분위기를 즐기는데, 반대로 작가인 나는 주변이 말끔하게 정돈되어 있지 않으면 견디지 못하는 편이다. 비닐 천막 안의 플라스틱 의자에 앉아 대기하는 나와 깊은 밤 홀로 컴퓨터를 켜고 앉은 내가 다르듯이 음악 할 때 쓰이는 에너지와 글을 쓸 때 쓰이는 에너지가 다르기 때문이다. 차분하게 모든 것을 가라앉히고 먼지를 치우고 방 안의 공기가 바닥에 내려앉으면 그제야 그 공기를 바닥에서 5센티미터만 띄울 수 있도록 작게 연주곡을 재생한다.

뮤지션인 나, 작가인 나와 함께 디제이인 나도 있다. EBS FM에서 진행 중인 〈임이랑의 식물수다〉를 준비하고 무사히 녹음을 마치는 것도 내 일상에서 뺄 수 없이 중요한 루틴이다. 식물의 이야기를 나눌 때 나는 무해한 사람이 된다. 통풍이 중요하다고 잔소리하면서도 힘내라는 응원의 말을 아끼지 않는 마음이 넓고 따뜻한 사람이 되기도 한다.

〈식물수다〉는 내가 직접 원고를 준비하고 녹음하는 형식으로 진행되고 있다. 보통의 방송작가들은 식물의 이야기를 풀어낼 수 없다는 점이 가장 큰 이유다. 직접 원고를 준비한다는 것은 나의 이야기 나의 목소리를 가장 효과적으로 낼 수 있다는 장점이 있지만 동시에 힘에 부쳐 꼴깍꼴깍하는 순간이 꽤 자주 찾아온다는 치명적인 단점도 있다.

25분가량의 방송 한 편을 준비하기 위해서는 6,000~8,000자의 원고가 필요한데, 한 번에 두 편의 방송을 녹음하기 때문에 매주 12,000~15,000자의 원고를 쓰는 셈이다. 준비를 마치고 스튜디오에 앉으면 양쪽 어깨가 빼근하게 눌린다. 미리미리 준비해두면 좋을 텐데 아무리 미리 준비하려고 해도 데드라인의 도움 없이는 집중력을 끌어올리기가 쉽지 않다.

불이 꺼진 스튜디오에서 익숙한 시그널을 들으며 녹음을 시작한다.

천천히, 듣는 사람들이 편안하게 들을 수 있도록 숨을 고른다. 어떤 날엔 녹음 전에 너무 말을 하지 않아서, 어떤 날엔 녹음 전에 너무 무리해서 목소리가 갈라지고 목이 아프다. 이런 최악의 상황을 피하기 위해 물을 많이 마시고 컨디션을 적당한 상태로 유지하려 한다.

언젠가 한 여성지와 인터뷰를 하다가 기자님이 나에 대한 포커스를 어디에 두어야 할지 모르고 헤매시는 것을 보고 송구스러운 마음이 들었다. 질문은 대충 이러했다. '식물에 영감을 받은 음악은 없는지', '가사를 쓸 때와 에세이를 쓸 때는 어떻게 다른지', '그렇다면 사진은 언제부터 찍은 것인지', '그럼 다음 책으로는 사진 책이 나올지…' 질문은 갈피를 잡지 못하고 인터뷰는 빙빙 돌았다. 어떤 임이랑을 더 부각해 글을 완성할지 고민하시는 눈치였다. 이렇게 타인의 관점을 통해 '아, 내가 이렇게 여러 가지 일을 하는 사람이었지'라는 사실을 실감하게 되는 순간이 있다.

아무리 생각해도 이상한 말이지만, '다재가 무재'라는 이야기를 들은 적도 있다. 재능이 많은 게 왜 재능이 없는 것과 똑같다는 것일까? 할 줄 아는 거 많아서 오히려 한 가지에 집중하기 힘들겠다며 쯧쯧거리던 사람도 있었다.

'다재가 무재'라는 이상한 말은 내 뇌리에 자리잡아 새로운 것에 도전하고 형태를 바꿔가며 결과물을 만들 때마다 나를 끌어내렸다. 마치 내가 한 우물을 깊게 파지 못하고 여기저기에서 방황하는 사람처럼 느껴지게 했다. 부정적인 말들은 힘이 지나치게 세다. '이런 일을 수락한다면 사람들 눈에 너무 잡스러워 보일까?' 하는 바리케이드가 생기고 말았다.

사실 문화 예술계에는 이쪽 '씬'과 저쪽 '씬' 사이에 존재하는 보이지 않는 얇은 막이 있고 그 사이를 넘나드는 일은 허용된 극히 일부의 사람들에게만 가능한 일처럼 여겨지던 시기도 있었다. 그렇게 터부시하는 일을 행할 때의 찝찝함이 나의 발목을 잡아왔는지도 모르겠다.

곡을 쓰고 글을 지을 때, 스튜디오에서 방송을 녹음할 때, 강연하거나 행사를 할 때 모두 다른 에너지로 살아가지만 내가 하는 그 모든 일들은 촘촘히 연결되어 있다. 나 자신의 감각을 만족시키고 마음의 어둠을 달래고 세상과 연결된 상태로 계속 살아가는 일에 대한 결과일 뿐이다.

다행히 너무 늦지 않게 마음의 각도를 틀었다. 마음에 존재하던 촌스러운 바리케이드를 치우며 여러 가지 가능성을 지니고 살아가는 쪽으로 앞으로의 날들을 열어두었다. 미리 한계를 정하고 지나치게 조심스럽게 움직이지는 않으려고 한다. 가능성을 현실로 풀어내면서 다음 단계로 나아갈 수 있다면 그걸로 충분하다.

아마 언제고 나는 이제까지와 마찬가지로 나를 평안하게 만드는 일들을 찾을 것이다. '그렇게 살다 보니 벌써 온화한 프리랜서 할머니로 늙었네!' 할 수 있으면 정말 좋겠다. 최근에는 제인 폰다의 멋있게 선 자세를 보면서 바라게 된 것이 한 가지 더 있다. 나도 그녀처럼 등이 꼿꼿하고 게다가 마음이 편협하지 않은 할머니가 된다면 더 좋겠다는 것이다. 하지만 제인 폰다는 80년대에도 제인 폰다였는데 이미 라운드 숄더와 거북목을 지닌 나로서 너무 많은 것을 바라는 기분이기는 하지만….

97,600원

이번 달에는 97,600원을 벌었다. 이달이 아직 일주일쯤 남았으니 저작권료와 원고료가 들어오긴 하겠지만 그래도 이달의 총수입은 아주 조그맣다. 347만 원을 썼는데 97,600원을 벌었으니 아주 확실한 마이너스다.

이미 나는 불규칙한 수입에 위축되거나 놀라지 않을 정도로 들쑥날쑥에 익숙하고, 의외의 사고로 몇 달쯤 일을 쉬게 되더라도 생활에는 지장이 없도록 비상금을 마련해두고 있다. 그런데 아무리 그래도 그렇지, 97,600원을 번 달에는 별수 없이 심란한 표정으로 가계부를 오래 들여다본다.

가계부를 쓰기 시작한 지는 그리 오래되지 않았다. 잠이 오지 않는 어떤 밤, 선배의 권유에 넘어가 빨간 돼지가 아이콘인 가계부 앱을 유료 결제했다. 잠이 오지 않는 밤에 즉흥적으로 시작된 일 중 굵직한 일이 꽤 많다. 갑자기 노래의 첫 소절이 떠오른다거나 오랫동안 고민해왔던 글의 마무리를 위한 매듭을 발견한다거나 하는 일들 말이다. 미국 주식도 그런 밤에 시작했다. 그러고 보면 잠이 오지 않는 밤도 항상 나쁘지만은 않다. 거의 나쁠 뿐.

그간 나는 정말 열심히 일했고 버는 족족 신나게 탕진했다. 욜로YOLO라는 단어가 처음 등장했을 때 진심으로 열광했다. 내 존재 방식과 소비에 대한 변명을 멋지게 응축한 단어였다. 나는 욜로다! 얼마가 들어오고, 얼마가 나가는지 신경 쓰지 않고 살아가는 것이 편하다! 더군다나 나는 세상 물정에 좀 어두워야 할 것만 같은 예술계 직업가 아닌가!

사람들은 내가 똑 부러지기보다는 어눌할 때, 남들이 예상하지 못하는 방향을 향해 갈 때 가장 열광했다. 어떤 사람으로 보이고 싶은지 고민하던 욕망과 사회의 시선이 마주하는 지점 바로 근처에 머물고 싶던 나는 세속적인 모습은 적당히 뒷전으로 미뤄둔 모습을 보여야 한다고 느꼈다. 그렇게 실비보험이나 국민연금, 효율성과 저축에서 멀리 떨어져 살아왔다. 정말로 사회가 나에게 심어둔 선입견인지, 선대 예술가들의 고뇌하던 파격적인 삶을 보고 스스로 품은 기준인지는 모르겠지만 뭔가 좀 그런 지점이 있잖나, 현명하기보다는 예술적 아우라가 진득하게 뿜어져 나오는 사람이 진짜 예술가로 보이는 그런 이상한 지점.

가계부를 쓰기 시작하면서도 절약하겠다거나 하는 마음은 아니었다. 건강보험료와 도시가스비가 며칠에 빠져나가는지, 유튜브 프리미어와 리디 셀렉트는 언제 결제되는지, 매달 빠져나가는 구독 서비스와 왜 빠져나가는지 모르게 나가는 금액들은 도대체 무엇인지 모아서 한눈에 보고 싶던 마음이 더 컸다. 중복 결제가 되거나 통장에 현금이 부족해 깜짝 놀라는 상황을 피하고자 시작한 가계부 작성은 나를 충격과 공포에 빠트렸다.

화면에 빼곡하게 기록된 숫자를 보면 나는 어떤 달에는 조금 벌고 많이 썼고, 어떤 달에는 많이 벌고 많이 썼다. 애석하게도 많이 벌고 조금 쓰는 달은 없었다. 유난히 외부 일정이 많던 달에는 택시비로만 100만 원을 넘게 쓰기도 했다. 운전하느라 신경을 곤두세우기 싫고, 주차 스트레스가 싫다는 핑계로 차를 구입하지 않고 있는데, 가계부의 '교통-택시비' 항목을 보며 차를 사지 않고 버티기가 과연 현명한 결정이 맞는지 의심해본다.

인플레이션이나 부동산 대책은 나와 상관없는 이야기 같았지만, 시대의 흐름을 맛보고 싶어 하는 기질 덕에 재테크의 지읒도 모르던 나는 주식에도 손을 대기 시작했다. 본전을 잃을 가능성이 있는 투자를 시작하면서 그동안의 나는 가난하지만, 돈에 대한 스트레스가 없이 살아왔다는 사실과 돈이 사람을 얼마나 안절부절못하게 만드는지 알게 되었다. 그래도 천천히 PER과 유상증자에 관해 공부하다 보니 새로운 시각이 생겼다. 수익을 내는 것뿐만 아니라 그동안 내가 알던 세계와 조금 다른 세계를 이해하는 기분도 즐거웠다. 그동안 고수해왔던 '일단 벌면 모조리 쓰고, 없으면 다시 버는 생활'은 끝났다.

이번 달의 97,600원은 어딘지 모르겠는 회사에서 입금된 것이다. 입금 명세에 회사 이름이 잘려 있어서 검색해볼 수도 없다. 이미 잊은 어딘가에서 환급된 금액이거나 어떤 일의 보수를 아주 늦게 받은 걸까? 하지만 아무리 고개를 갸우뚱거려봐도 기억나지 않기 때문에 실수로 내 통장에 입금되었을 가능성도 배제할 수 없다. 출처가 불명확한 97,600과 달리 지출은 그 발자국이 명확했다. 집세와 연습실 월세로 얼마, 경조사와 선물과 회비로 얼마, 외식비가 얼마, 운동이 얼마, 식물이 얼마….

얼마와 얼마가 모여 금세 347만 원이 되었다. 다음 달에는 347만 원을 벌고 97,600원을 지출했으면 좋겠다는 가망 없는 희망을 품고 스와이프해서 가계부 앱을 화면 저편으로 날려버린다.

가계부를 쓰고 주식을 거래하며 돈에 조금 관심이 생겼다고 해서 내가 욜로가 아닌 인간으로 변한 것은 아니다. 여전히 잠만 잘 수 있는 깔끔하고 저렴한 숙소보다는 몇십만 원을 훌쩍 넘기는 숙소의 아름다운 가구와 향이 좋은 어메니티에서 기쁨을 느끼고, 삼성전자 주식을 한 주 갖기보다 꽃시장에서 한 아름 꽃을 사 와 밤새도록 온 집 안을 꽃으로 도배하기가 더 행복하다. 손에 잡히지 않는 주식보다는 지금, 이 순간 향기를 맡고 즐길 수 있는 라넌큘러스와 작약이 더 소중하다는 사실에는 변함이 없다. 취향과 경험을 위해 내가 번 돈을 쓸 수 있다는 사실은 여전히 내가 돈을 버는 가장 큰 이유지만, 그래도 조금은 인플레이션에 대비하며 살아가기로 한다. 이 끝과 저 끝 사이의 어딘가에서 욜로이자 재테크족인 내가 있다.

보따리 속 까만 뱀

우리는 모두 각자의 보따리를 가지고 살아간다. 커다랗고 튼튼한 보따리를 가진 사람은 슬쩍 보기에도 귀중한 재료를 잔뜩 담은 상태로 풍요로운 이야기를 이어간다. 얼핏 봐서는 화려하게 번쩍거리지만, 막상 그 속을 들여다보면 별 쓸모없는 찌꺼기만 조금 굴러다니는 보따리를 가진 사람도 있다.

창작자는 보따리 안의 재료로 이야기를 엮어 사람의 마음에 공감을 불러일으키고 위안을 건넨다. 어떤 형태로 표현하는지에 따라 받아들이는 사람들은 각기 다른 감정을 느낀다. 작품을 통해 전달되는 감정이 꼭 긍정적이지만은 않다. 마음을 난도질하거나 무거운 어둠에 빠뜨리는 이야기도 있다. 이야기를 꺼내는 사람과 그 이야기를 흡수하는 사람 사이에 일어나는 각각의 화학작용이 창작자와 세상을 연결한다.

내 보따리에는 어떤 것들을 담고 있는지 매일 들여다본다. 얽히고설킨 보따리 속에선 가끔 멜로디가 튀어나오고 가끔 이파리가 튀어나온다. 깔깔 웃는 웃음소리와 평안한 바람도 보따리 안에 숨 쉬고 있다.

삶이 어둠이던 시절, 나의 보따리 안에 까만 뱀이 한 마리 태어났다. 애니시 커푸어가 독점하고 있다는 반타블랙처럼 세상에서 가장 까만 뱀이었다. 현실 세계의 반타 블랙은 애니시 커푸어가 독점하고 있겠지만 상상 속에서는 나도 마음껏 반타 블랙을 떠올린다. 암흑같이 어두운 가운데 얇게 찢어진 뱀의 눈동자만 밝게 빛났다. 보따리 안에 잠들어 있던 친절한 이야기들이 모두 까만 뱀의 까만 뱃속으로 들어가 버렸다. 세상에 꺼내놓지 못할 커다랗고 까만 이야기들만 보따리 안에서 똬리를 틀고 나를 노려보고 있었다.

뱀과 맞서 싸우는 것은 의미가 없었다. 정면으로 맞설 때마다 도리어 호되게 당하기만 했다. 별수 없이 그 뱀이 저절로 힘을 잃을 때까지 그냥 둬야 했다. 시간이 흐르며 주변의 애정으로, 세상의 이야기들로 까만 뱀은 서서히 힘을 잃었다. 보따리를 다시 나의 색깔로 채우는 데는 꽤 오랜 시간이 걸렸다. 뱀은 쉽게 작아지지도 사라지지도 않았지만 대신 나는 보따리를 크게 키웠고, 포근한 것들을 담아 뱀을 피해 가며 점점 더 많은 이야기를 할 수 있도록 보따리를 돌보았다.

종종 다른 작가님들께 책을 선물로 받으면 기분이 묘해진다. 그의 세계를 한 조각 건네받은 기분이 든다. 어쩜 그리도 글의 색깔과 책 제목에 걸맞은 표지를 잘 뽑아내셨는지, 나만 모르는 어떤 비밀이라도 있는지 묻고 싶다. 책의 표지를 한 장 들어 내지를 보면 '임이랑 작가님께'라고 쓰인 대목에서 다시 한번 기분이 묘해진다. 매일 맞춤법도 틀리고 '싹둑'과 '싹뚝'도 헷갈리는 내가 작가님이라니….

손에 꼭 맞는 만년필로 쓰인 것 같은 우아한 잉크의 흔적, 유려한 축복의 문장과 단아하게 완성된 어른스러운 사인을 찬찬히 바라본다.

나는 책에 사인할 때 그때그때 손에 주어지는 펜으로 그날의 기분에 따라 웃는 얼굴을 그리거나 가끔은 8분음표나 높은음자리표를, 가끔은 이파리나 꽃을, 가끔은 별이나 달을 또 가끔은 그 모든 것들을 다 그려 넣는 편이다. 펜이 잘 나오지 않아서 두어 번 다시 긋거나 받는 분의 이름을 잘못 쓰는 경우도 다반사다. 사인을 위한 적당한 굵기의 펜을 따로 마련해야 할지, 높은음자리표나 꽃과 별을 그리는 것을 중단해야 할지 잠깐 생각한다. 어차피 펜을 마련해도 금방 잃어버릴 것이 뻔하고, 꽃과 별이 없이는 사인과 함께 내 마음을 한 조각 떼어주는 기분이 안 들어서 결국 잔뜩 그리고 말 것이 뻔하다는 생각으로 이어진다.

첫 번째 책을 펴냈을 때 주변에서는 놀라워하는 반응을 보였다. 그동안 내가 만들던 것들과 '식물 에세이'는 굉장히 다른 포지션의 결과물이기에 놀랐지 싶다. 이제 와서 하는 말이지만 빠르게 써 내려갈 수 있었던 단정한 문장들에 나도 놀랐다. 꼬박 두 달 만에 뚝딱 완성된 책에는 인터넷 서점에서 빨갛게 달아준 '베스트셀러'라는 작은 딱지가 붙었다. 정말 기뻤다! 몇 개월 후 그 딱지는 사라졌지만 이미 캡처해뒀으니 괜찮다. 살다 보면 언젠가 다시 빨간 베스트셀러 딱지가 붙을 날이 오겠지. 아니면 말고….

두 번째 책이 나왔을 때는 다들 조금 예상했다는 반응이었다. 이미 내 이름을 걸고 식물 방송을 진행한 지도 꽤 지난 시점이었고 그간 연재했던 원고들이 책 한 권을 꽉 채우고 넘칠 만큼 쌓여 있었기 때문이다.

그렇게 세상에 나온 두 권의 책을 계기로 나는 세 번째 책을 작업하게 될 기회를 얻었다.

주변에서는 "다음 책은 언제 나와?"라고 묻기 시작했다. 이제 고작 4년 차 작가인데 벌써 세 번째 책을 논하고 있다니!

'다음 책'이라는 단어가 한없이 반짝거리고 아름다우면서도 멀고 높은 산처럼 느껴졌다.

글쓰기는 즐겁다. 책상 앞에 앉아 한 글자씩 쓰기 시작하면 비밀스러운 짜릿함을 느낀다. 무의식 저 끝에 잠들어 있던 단어와 마음을 연결해 새로운 문장을 만들고 문장과 문장을 엮으며 이야기는 여기가 아닌 어딘가로 나를 데리고 간다.

그렇지만 쓰는 행위의 즐거움과 별개로 생각과 욕심이 많은 나는 자꾸 뻣뻣해진다. 더 이상 첫 번째 책의 운과 두 번째의 책의 수월함에 기댈 수 없는 상황 앞에 놓였다는 진지한 마음으로 뻣뻣하게 뱉어낸다. 불안은 어찌나 변화무쌍한지 매번 새로운 모습을 하고 예상하지 못한 구석을 찌르곤 한다. 소퍼모어 징크스나 매너리즘 같이 복잡한 이름을 가진 세상의 불안을 다 끌어안았다.

며칠 전 이 모든 고민을 끌어안고 잔뜩 예민해진 마음과 시뻘건 얼굴로 친구들을 만났다. 정리되지 않은 마음을 두서없이 토해놓는 나를 가만히 두고 보던 친구들은 쏟아진 나의 이야기를 찬찬히 앞뒤로 정리하더니 "그래도 네 성에 찰 때까지 해보라"고 응원해주었다. 나는 한없이 어린아이가 된 것 같은 기분이 되었다. 그저 발산의 기회가 필요했는지도 모르겠다. 맛있는 음식을 먹고 시답잖은 대화를 나누며 상기되어 있던 얼굴은 어느 사이 다시 제빛을 찾았다. 이런 낮과 밤을 몇 번이나 반복하면 비로소 이 책이 완성될까?

마음은 웃긴다. 웃기고 까다롭다. 너무 바짝 힘을 주고 있으면 촌스럽게 부러져버리고 유연하게 힘을 빼다 보면 흐물거려 쓰지 못하게 되니까 말이다. 요즘은 적당한 온도를 찾지 못해서 우왕좌왕하는 시간이 길다. 오늘은 꼭 좋은 글을 쓰겠다고 설치다가 쓰지도 못하고 놀지도 못하고 말아먹은 밤이 차곡차곡 쌓인다. 그래도 또다시 보따리를 휘저어 까만 뱀을 피하고 가장 빛나는 돌멩이를 찾아 머릿속에 떠올리며 쓰고 또 쓴다.

다정한 사이

음악을 제외한 것은 금기시하며 외골수처럼 살아온 시기가 길다. 음악만 하던 시절에는 극소수의 중고등학교 친구들을 제외하고는 다른 분야의 친구가 없었다. 내 세상의 평균과 상식은 곧 음악 하는 사람들의 평균과 상식일 뿐이었다. 재미있어 보이는 일을 가진 사람들과 스치는 자리에서도 내가 살아가는 우물의 익숙함을 놓지 못하고 '우리'라는 울타리 밖의 사람들과 좋은 관계로 발전할 수 있는 문을 닫고 살았다. 안으로 파고드는 습성 때문에 타인에게 손을 뻗는 것이 익숙하지 않아서 내 세계는 점점 더 좁아졌다.

엉망진창일 때 EBS에서 식물 관련 프로그램을 진행해보지 않겠냐는 제의를 받았다. '밥을 먹는다', '잠을 잔다' 같은 아주 기본적인 욕구들을 잊지 않기 위해 핸드폰 배경 화면으로 지정해놓고 살 정도로 고장 나 있었지만, 라디오 제의까지 거절하고 나면 이미 소름 끼치게 싫던 자신을 더 혐오하게 될 것이 분명했다. 다시 나를 좋아하려면 세상으로 나서야 했다.

미팅 장소에 도착하자 반대편에 낯익은 얼굴이 앉아 있었다. 그를 왜 여기서 마주하게 된 건지 혼란스러웠다. 프로그램의 AD라고 소개받은 그는 바로 디어클라우드의 팬 중 한 명, 그것도 얼굴까지 잘 알고 있는 친구였다. 이 일이 어떻게 된 건가 궁금한 마음을 감추고 미팅을 마쳤는데 그가 비밀스럽게 편지 한 통을 쥐여주었다. 편지 안에는 나의 안부를 물으며 나와 함께 일하게 되어 정말 기쁘다는 마음과 열심히 좋은 프로그램을 만들자는 이야기가 담겨 있었다. '아, 어쩌면 잘해볼 수 있겠다'는 용기가 솟았다.

첫 녹음이 시작되었고, 넓고 환한 스튜디오에 앉아서 홀로 떠드는 게 정말 어색했다. 목소리가 염소처럼 떨렸다. 환하게 켜진 형광등에 불안이 치고 올라왔다. 스튜디오의 불을 꺼달라고 부탁하고 조도를 낮추면서부터는 조금 편안해진 마음으로 마이크 앞에서 조잘거리며 식물수다를 떨었다.

프로그램에서 AD 역할을 맡고 있던 그는 '임 몬스테라'라는 가명으로 프로그램의 안팎을 열심히 돌봐주었다. 나와 임 몬스테라는 아주 자연스럽게 섞였다. 그는 나의 천군만마가 돼주었다. 임 몬스테라가 정식으로 식물수다 PD로 승진했던 날엔 내 일보다 더 기뻤다. 우리는 스튜디오 밖에서 시간을 보내거나 서로의 일상을 공유하는 사이는 아니지만, 좋은 것이 있으면 누구보다 먼저 떠올리는 사이가 되었다. 프로그램이 시작된 지 2년이 넘어가면서 임 몬스테라는 밤의 생방송 음악 프로그램까지 맡아서 이끄는 어엿한 PD가 되었다. 스튜디오에서의 시간은 빠르게 흘렀다. 영화 속에서 앵글이 바뀌며 갑자기 이파리에 단풍이 들고 눈이 오고 시간이 흘러버린 장면들처럼 순식간에 지나갔다. 조금 다른 점이 있다면 영화에서처럼 헤어스타일이 획기적으로 바뀐다거나 하는 변화가 없다는 점일까? 그렇게 2년 4개월이 흘렀다. 그의 엉뚱하면서도 솔직한 태도 덕분에 무수히 많은 회차의 식물수다를 송출할 수 있었고, 무사히 한 시즌을 마쳤다. 그 모든 순간에 임 몬스테라가 있어서 얼마나 다행이었는지 모른다.

한 사람 한 사람의 세계는 아주 광활하면서 동시에 바늘구멍처럼 좁아서 생각의 영역이 무한대로 늘어나기도 하고 한없이 좁은 상태로 굳어지기도 한다. 내가 이미 알고 있는 사고방식과 이념만이 옳은 것이라고 여기면서 소리치는 광화문의 광인처럼 변하지 않기 위해서는 유연한 마음으로 살아갈 수 있도록 새로운 바람을 쐬어주고 타인의 세계를 정식으로 마주하는 자세가 필요하다.

우물 안에서 살아가는 폐쇄적인 일상은 폐쇄적인 사고방식으로 이어지기도 한다. 나의 안전하고 편협한 우물 밖으로 고개를 내밀어야 할 순간을 마주할 무렵 선배의 소개로 새로운 사람들을 만나게 되었다. 걸쇠가 풀린 마음으로 그들에게 다가서기 시작하자 갇혀 있던 심리상태에도 긍정적인 변화가 일어났다.

선한 의도와 건강한 열정으로 무장한 사람들은 각각의 이유로 아름답고 놀라웠다. 나와 다른 곳에서 다른 생각을 하며 다른 가능성의 기쁨을 영위하는 사람들을 만나기 위해서는 꼭 잠겨 있던 마음의 문에서 잠금장치만 풀어놓으면 되는 것이었다. 그 문이 열리기 무섭게 마음의 색깔은 여러 가지로 변했다. 여럿의 세계가 충돌해 말의 매력과 좋은 음식을 나누었고 여러 색으로 빛나는 순간들을 마주할 수 있었다.

일로 만난 사이지만 늘 보고 싶은 임 몬스테라도, 내 마음의 문에 들어와 중요한 이야기를 툭 툭 던지거나 새로운 자극이 되어주는 사람들도 내 삶에는 없어서는 안 될 중요한 위치에 자리하고 있다. 모든 것을 속속들이 알고 편안한 대화가 오가는 친구도 좋지만, 예의와 간격을 적당하게 유지한 상태의 인간관계에서의 온기도 좋다.

사람들은 분주히 오가며 서로의 인생에 관여하지만 언제 그랬냐는 듯 멀어지기도 한다. 타인의 마음을 얻으려 너무 노력하고 안달하지 않으려고 노력한다. 노력하지 않으려 노력을 하겠다는 자신을 조소하는 마음으로 바라보면서 말이다. 노력해서 얻은 사람의 마음은 그 노력이 느슨해지는 순간 바로 잃게 된다. 자연스럽게 서로의 곁에 서 있고 싶도록 가볍지만 탄탄한 상태를 유지해 보려 한다.

우린 완전히 친구는 아니지만, 서로의 마음을 따뜻하게 하고 서로의 성장을 돕는다는 점에서는 친구 비슷한 거니까, 앞으로도 부디 제 인생에 등장인물이 되어주세요. 서로 솔직한 마음을 잃지 않되, 최선을 다해 다정한 사이가 되면 좋겠습니다. 무한한 감사와 존경의 마음을 보냅니다.

초콜릿 맛 고등어

이숙희 씨는 정성과 노동으로 사랑을 표현하기보다는 실용적인 방식을 좋아하는 사람이다. 정성껏 빵을 굽는 대신 죽은 빵도 살려낸다는 토스터를 사주고 김치가 떨어졌다고 하면 맛있는 업체에서 김치를 주문해준다. 엄마의 방식은 '우리 엄마가 어깨가 아픈데도 마늘을 까서 배추를 절이고…' 하는 식의 아련함과는 거리가 멀다. 나는 담백하고 실용적인 엄마의 애정 표현 방식에 익숙하다. 요리를 귀찮아하는 엄마의 밥상은 스테레오 타입 속의 '따끈하고 맛있는 엄마 밥상'과는 거리가 멀다.

집에 돌아오는 길. 오랜만에 대형마트를 찾았다. 필요한 물건을 집어 들고 서성인다. '샴푸가 정말 저렴하군, 집에 사과는 몇 개나 남았지?' 기억을 더듬으며 냉장 코너를 지나는데, 어린아이와 엄마가 실랑이하고 있다. 초코우유를 사달라는 아이는 캐릭터가 그려진 초코우유를 들고 이게 맛있다며 고집을 부리고 있고, 엄마는 집에 초코우유가 있다며 아이를 달랜다. 아이는 "그거 가짜야! 가루로 만든 거 말고 진짜 초코우유 마실 거야!" 하고 떼를 쓴다. 순간, 시간을 거슬러 초콜릿 맛 고등어를 먹는 어린 시절로 돌아갔다.

식문화가 배달 음식과 밀키트의 도움을 받기 전, 엄마의 밥상에는 늘 차가운 고등어가 올라왔다. 따끈하고 살이 잘 발라지는 오동통한 고등어가 아니라, 한 번에 잔뜩 구워놓고 며칠씩 냉장고에 들어가 있던 작고 비릿한 고등어다. 어린아이 입에 이게 맛있을 리가 없다. 온갖 핑계를 대며 고등어를 피하는 나에게 엄마는 고등어 겉면의 갈색 부분을 모아서 밥 위에 얹어주며 '초콜릿 맛 고등어'를 먹으라고 어르곤 했다.

아이에게 엄마의 존재는 절대적이다. 게다가 달콤한 초콜릿이라는 존재도 나에겐 둘째가라면 서럽게 절대적이었다. 순식간에 강력한 주술에 걸린 나는 초콜릿 맛 고등어의 세계에 흠뻑 빠지고 말았다. 흰밥을 푹 떠서 갈색 살과 함께 먹으면 신기하게 밥에서는 정말 초콜릿 맛이 났다. 달콤한 초콜릿 향으로 입에서 사르르 녹는 고등어가 숟가락 위에 얹혀 있었다. 미각이 완전히 발달해 더 이상 고등어에서 초콜릿 맛이 느껴지지 않게 된 날까지 초콜릿 맛 고등어의 플라세보 효과는 계속되었다.

프랑스 바스티유 감옥에는 플라세보와 관련된 일화가 하나 있다. 사형수가 단두대에 올라가 있을 때의 일인데, 눈을 가린 사형수의 목에 칼을 떨어뜨리는 대신 얼음조각을 떨어뜨렸는데도 사형수는 죽어버렸다. '이제 곧 내 목에 칼이 떨어지고 나는 죽음을 맞이한다'는 생각에 사로잡혀 있던 사형수는 날카로운 칼이 아닌 얼음의 감촉에 너무 큰 충격을 받은 것이다. 플라세보가 이처럼 극단적인 형태로 발현될 수 있다는 사실을 접하며 마음의 방향이 얼마나 중요한지 다시금 실감한다.

언젠가부터 나는 두통약이나 소화제처럼 간단한 약을 먹을 때 설명서를 절대 읽지 않으려고 노력한다. 만약 설명서를 읽기 시작한다면 막상 필요한 용법이나 용량을 읽거나 아세트아미노펜, 이부프로펜, 이토프리드 염산염 같은 성분을 찾아보기보다는 약의 부작용을 중요하게 읽는 것이 습관이 되어버렸다. 짧게 설명서를 힐끗 보는 동안에도 빠르게 부작용을 학습해버리고 만다. 부작용을 읽고 나면 당연히 느껴져야 할 약의 효능은 느낄 수가 없어진다. 곧이어 메스꺼움, 호흡곤란, 두드러기, 발한 같은 온갖 부작용이 시작된다. '설명서를 정말 짧게 읽긴 했지만, 설마 오늘은 아니겠지…' 하다 보면 조금 전에 텍스트로 읽은 내용이 내 몸에 펼쳐지고야 만다. 분명 나는 약의 부작용에 예민하게 반응할 거라 생각하는 무의식의 힘은 대단하다. 이런 노시보 효과는 의심이 많은 내게 흔하게 일어나는 일이다. 그렇게 한 번 부작용을 겪은 약은 다시 먹지 못한다. 부정적인 것들은 그 종류를 막론하고 내 안에서 너무 강한 힘을 발휘하곤 한다.

부정적인 생각은 금방 소극적인 행동으로 이어지고 어렵게 피어난 용기를 해친다. 웅크린 어깨, 방어적인 태도가 나를 내 안으로 숨어들어 가게 만든다. 플라세보의 힘을 빌려 마음이 긍정적인 힘을 내도록 길을 만들어 가는 것은 내 마음의 주인인 내가 주체가 되어 해나가야 하는 일이다.

'어제는 몸살로 힘들었지만 잠을 잘 잤으니 오늘은 좋아질 거야', '자신이 없어도 운세가 좋았으니 잘 해낼 수 있어', '열심히 준비했으니 그냥 뻗어나가게 두면 돼' 하며 좋은 쪽으로 나를 이끌어간다.

부정적인 방향으로 뻗어가는 자기암시에 익숙한 나지만, 어차피 쉽게 조종되는 마음이라면 좋은 쪽으로만 조종당했으면 좋겠다는 터무니없는 욕심을 부리며 플라세보의 주술을 걸고 또 건다.

＊ 고등어의 피부 밑에 위치한 갈색 살은 혈합육이라고 불리는데, 흰 살보다 철분이 다량 함유되어 있어 빈혈에 좋다고 하니 초콜릿 맛이 나지 않더라도 초콜릿보다 건강에 좋다.

휴가 품의서를 결재해주십시오

친오빠는 행복에 민감한 사람이다. 그는 스노보드를 타러 가겠다고 회사를 그만두고, 원 없이 게임을 하겠다고 회사를 그만두곤 한다. 하지만 막상 조직에 소속되어 있는 동안에는 자신을 끝까지 몰아붙여 업무에 충성을 다 하는 경향이 있다.

최근 회사를 옮긴 오빠와 통화를 하는데 피곤이 쌓이지만, 아직 연차를 쓰기엔 눈치가 보인다고 했다. 매번 과도하게 높은 책임감에 스스로 지치고 마는 그의 패턴을 잘 알고 있기에 '이번 직장에서도 자기 자신보다는 회사의 상황을 더 중요시하고 있는 건가…' 싶어서 걱정의 마음으로 잔소리를 늘어놓기 시작한다.

오빠를 향한 나의 걱정은 조곤조곤 다정하지 않다. '그게 무슨 소리야! 쉬는 것도 권리니까 눈치 보지 말고 쉬어!', '근무조건에 명시되어 있는 연차인데 그러지 마! 나는 오빠가 최선을 다해서 쉬었으면 좋겠어!' 오빠는 그저 허허 웃다가 '그런가…' 하고 만다.

전화를 끊고 청소기를 돌리는데 불현듯 찝찝한 마음이 몰려온다. '내가 또 프리랜서 특유의 속없는 소리를

늘어놓았나….'

계약서에 명시된 것과는 상관없는 사정이라는 게 있을 텐데 나는 책임지지도, 주워 담지도 못할 말을 뱉었다. 다시 전화를 걸어 조금 더 부드러운 말을 건네볼까 고민하다가 관둔다. 카르마가 쌓인다. 이렇게 또 단단한 구업을 하나 쌓고 만다….

오빠가 사람들 사이에 끼어 출근하고 업무를 볼 시간에 나는 아침 요가를 하거나 늦잠을 잔다. 프리랜서로서 회사원들의 사대보험이나 사내 복지와 맞바꾼 것이 바로 이렇게 여유로운 아침 시간이다. 보통의 하루엔 요가를 마치고 집에 돌아오면 몇 시간 동안 그날의 가장 중요한 작업을 하곤 한다. 간단히 아침 겸 점심을 먹고 나면 집안일을 한다. 설거지하면서 로봇청소기를 돌리고 환기를 시키며 식물들을 돌보고 나면 하루 중 가장 달콤한 낮잠 시간이 나를 기다린다.

각종 SNS와 이메일에 'nap(낮잠)'이라는 단어를 넣은 아이디를 사용하고 있다. 하루를 통으로 견디기엔 세상에 너무 많은 정보와 자극이 우글거리기 때문에 잠깐씩 끓어서 살아가는 쪽이 좋다. 아주 달게 잔 낮잠은 과할 정도로 구석구석 기억한다.

두 번째 책인 《조금 괴로운 당신에게 식물을 추천합니다》가 세상에 나오던 날, 나는 책을 받아서 곧장 서울에서 가장 높은 호텔로 향했다. 96층에서 바라본 서울은 작고 고요했다. 우아한 애프터눈 티타임과 조용한 수영장을 기대하고 갔지만 체크인하자마자 호텔의 침대에 누워 죽은 듯이 잠을 잤다. 바스락거리는 하얀 이불 덕일지, 눈앞에 펼쳐진 미니어처 같은 서울의 풍경 덕일지, 고요하고 시원한 공기 덕일지 모르겠지만 세상에 태어나서 이렇게 달게 낮잠을 자본 적이 있나 싶을 정도로 맛있는 낮잠이었다. 오랜 시간 동안 1등 자리를 차지하고 있던 '장례식장에 다녀온 다음 날 소파에서 잔 낮잠'을 제치고 단번에 1등 낮잠으로 등극했다. 턴다운 서비스를 위해 누군가 방문을 두드려 깨어날 때까지 네댓 시간 동안 완벽하게 잠들어 있었다. 죽는 날 묘비에 적어두고 싶을 만큼 만족스럽게 자고 일어나니 창 너머 세상이 까맣고, 반짝반짝하게 변해 있었다.

책이 나오기까지 쉴 새 없이 달렸다. 책을 받아서 들고 안도하며 잠들었던 몇 시간은 마음에 커다란 풍요를 주었다. 눈을 뜨고 나니 예쁜 아이를 세상에 내보낸 기분, 삶의 한 장이 자연스럽게 넘어간 기분이 도착해 있었다. 잔뜩 차려입고 저녁을 먹으려던 계획을 취소하고 수영장에서 천천히 물을 가르며 쉼의 감각을 깨웠다.

어릴 적부터 유독 멀미가 심한 아이였다. 멀리 떠나기 위해 차에 타자마자부터 멀미를 하곤 했다. 아직 시동도 걸지 않았는데 얼굴이 하얗게 질려 구역질하던 아이라 그런지 휴게소를 정말 좋아했다. 정식으로 주어지는 쉴 수 있는 시간과 공간, 상쾌한 공기를 맡을 기회라니, 오아시스가 따로 없다.

얼마 전엔 양양에서 돌아오는 길에 내린천 휴게소에 들렀다. 서울로 가는 차들도, 양양으로 가는 차들도 모두 한 휴게소에서 만날 수 있는 신기한 구조의 휴게소였다. 1층부터 4층까지 거대하게 이어진 건물에는 테라스와 전망대가 있는데 상행, 하행할 것 없이 하나의 휴게소를 나눠서 쓰는 경우가 처음이라 구석구석 돌아보았다. 공항의 구석구석을 구경하는 것만큼 즐거운 일이었다. 휴게소에 들어서면 항상 놀이동산에 들어선 아이처럼 두리번거린다. 잠시 내려서 다리를 뻗을 곳, 깨끗한 화장실과 따끈한 알감자가 기다리고 있는 곳, 엉망으로 리믹스된 성인가요가 들려도 싫지 않은 곳, 이곳도 저곳도 아닌 곳. 그래서 조금은 기분 좋고 조금은 이상한 곳이 휴게소다. 휴게소를 떠나 계속 서울로 향한다. 가평 휴게소를 마지막으로 서울에 들어서면서부터는 익숙한 차량 정체가 시작된다. 차들은 클랙슨을 울리며 서로 먼저 가겠다고 욕심을 부린다. 아, 서울에도 휴게소가 있으면 정말 좋겠다.

요즘 나는 마감 일정에 쫓기거나 다음 날을 위한 준비로 정신없는 하루를 보내다가 너무 늦게 침대에 눕는 편이다. 매일같이 '오늘의 내가 제대로 해낸 것 맞나?' 고민하다가 잠에 든다. '조금 더 잘해야 하는데…', '나는 여기까지인 걸까….' 무언가를 놓치고 있는 기분, 어딘가 일정 하나를 적어두지 않아서 결국은 내가 모든 것을 망치게 될 기분은 쉽게 사그라지지 않는다. 낮의 내가 최선을 다해 일했으니 밤의 나는 최선을 다해 쉬었으면 좋겠는데, 모든 것을 내려놓고 쉬기가 어렵다. 의식이 잠의 세계에 완전하게 빠져들기엔 너무 속세 가까이에 있다. 결국 후다닥 일어나서 일정을 다시 확인한다. 일과 사람과 사랑에 대한 고민이 머릿속을 헤집는다. 잠들기 직전에 끼어들지 않는 게 좋은 생각들이 자꾸 튀어나와 나를 두드린다. 자신도 일과 쉼을 안전하게 분리하지 못하는 주제에 오빠한테 잔소리했네.

잠의 세계는 고귀하다. 어떤 낮을 보냈든지 밤의 잠은 모든 것을 씻어준다. 나는 '잠은 죽어서 자면 된다'고 말하는 사람들을 도무지 이해할 수 없다. 잠이 없이 삶이 계속된다면 머릿속이 얼마나 엉망진창으로 얽히고 꼬일지 상상만으로 소름 끼친다.

종종 고통만 가득한 낮을 보내고 나면 밤의 잠도 어려운 날이 있다. 밤의 위로 없이 맞이하는 아침은 너무 고통스럽다. 인생의 상당 부분을 '이 고비를 넘기면 조만간 눈치 보지 않고 제대로 쉬어야지'라고 생각하는 데에 쓴다. 오늘도 어김없이 언젠가 다가올 쉼을 기다리고 있다. 물론 쉰다고 해서 눈치를 주는 사람은 아무도 없다. 내가 멈추면 모든 것이 멈추고, 다시 움직이려면 한참 동안 시동을 걸어야 하는 삶을 살고 있을 뿐이다. 그래도 지금이 지나고 나면 나의 상사인 내가 나의 휴가 품의서를 결재해주면 좋겠다. 나의 재무팀인 나도, 나의 영업팀인 나도 내게 눈치를 주지 않았으면….

출석하기

새로운 마음가짐이 필요한 겨울이다. 다시 요가를 시작했다. '몸의 정렬과 하타요가'라는 주제로 매일 아침 7시에 시작해서 무려 90분 동안 이어지는 주 5일 클래스다. 용기를 내어 등록할 때는 몰랐는데 막상 소식을 전해들은 친구들이 놀라며 "네가?", "아침 몇 시라고?"를 외쳤고 "어쩌다 보니…", "7시…"라고 대답하면서 내 결정의 의외성과 무모함을 깨닫는다.

천천히 커피를 마시고 식물을 돌보다가 샤워하고 아침을 먹는 평소의 일상과 다르게 요가원에 가는 아침은 10분짜리 블록들로 이루어진다. 일어나는 데 10분, 세상에서 가장 편안한 잠옷을 벗고 다리에 딱 붙는 요가복으로 갈아입고 머리를 묶고 이를 닦고 눈곱을 떼는 데 10분, 에어팟을 꽂고 음악을 들으며 집에서 요가원으로 걸어가는 데 10분이 걸린다.

아직 추운 계절이라 깜깜하게 텅 빈 길을 걸으며 새벽의 몽롱한 공기를 한껏 들이마시는데 한참 동안 느낀 적이 없는 상쾌함이 내 온몸을 강하게 흔든다.

이른 아침부터 매트 위에 앉아 있는 사람들은 이미 같은 클래스를 긴 시간 동안 들어온 사람들이다. 멋진 운동복 상의를 갖춰 입은 사람들 사이에 귀여운 벌이 그려진 티셔츠를 입은 내가 어색하다. 아무 무늬가 없는 티셔츠를 입을 걸 그랬나? 낯선 선생님과 낯선 사람들 사이에서 아침 7시 요가, 정말 괜찮을까… 생각하며 수업이 시작되고 몸을 접고 늘리며 서서히 잠에서 깨어난다. 꽤 긴 시간 같은 자세를 유지하는 종류의 수련이다. 네 장의 요가 담요, 두 개의 요가 블록, 요가 의자, 요가 스트랩까지 동원된 수업은 무시무시한 근육통과 함께 끝이 난다.

평일의 아침마다 6시 20분에 울리는 알람을 끄고 10분 동안 반수면상태로 갈 것이냐 잘 것이냐 사이를 717번쯤 오간다. 다행히 아직은 '가자!'라는 마음을 따르는 날이 훨씬 많다. 매일 벌떡 일어나서 씩씩하게 준비하고 집 밖으로 나서는 용감한 사람은 못 되지만, 친구들의 예상을 뒤엎고 비교적 꾸준히 아침 요가 수업에 참석하고 있다. 매일 벌 그림 티셔츠를 입지는 않는다. 가끔은 펭귄이 그려진 티셔츠나 무지개가 그려진 티셔츠도 입는다.

90분이라고 알고 있었던 요가는 종종 100분, 110분으로 이어진다.

매일 제시간에 출근해야 하는 사람들은 수련 마지막의 사바 아사나(송장 자세, 가만히 누워서 몸을 이완시키는 자세)를 누리지 못하고 매트를 떠나야 하는 시간이 오면 알아서 각자의 일상으로 돌아가곤 한다. 버스를 타고 지하철을 타고 요가원에 도착해서 아침 요가를 마치고 곧장 일터로 떠나는 사람들을 보며 그 부지런하고 건강한 에너지에 경이로움을 느낀다. 그들의 하루에 할당된 에너지 총량이 나의 총량과 다른가 보다. 수업을 마치고 상쾌한 기분으로 이제 막 문을 연 야채가게에 들려 그날 먹을 신선한 야채를 조금 구입한다.

요가의 세계는 참으로 깊고 넓어서 매번 새롭게 놀라곤 한다. 십수 년 동안 수련하다 말기를 수없이 반복했던 나는 장비라고 하면 만두카와 라이폼의 요가 매트부터 요가 블록까지 부족하지 않게 갖추고 있고, 스컬피그에서 시작해서 룰루레몬으로 끝나는 각기 다른 핏과 재질의 요가 바지를 열 벌도 넘게 가지고 있지만 수련에 있어서는 아직 요가의 Y도 모르겠다.

간단히 몸을 접는 동작에서도 발끝부터 다리의 뒷면, 엉덩이의 높이와 손의 위치까지 모든 것을 매번 다시 코칭을 받아야 '당장은 불편하지만 길게 보자면 나를 나아가게 하는 동작'에 접어들 수 있게 된다.

척추를 중심으로 몸의 왼쪽 피부는 왼쪽으로 펼치고 오른쪽 피부는 오른쪽으로 펼치는 능력 같은 건 나에게 없다. 그저 열심히 이해하려 노력하며 고개를 끄덕이는 수밖에. 언젠가, 어떤 시간, 알 것 같은 감각이 찾아와준다면 좋겠다.

선생님은 '몸이 기억하게 하라'고 하시는데 저기… 선생님… 제 몸에는 기억력이 없나 봐요.

"요가는 잘하고 못하고가 없어요"라고 이야기하던 어떤 요기의 말을 기억한다.

잘하려고 하면 잘 해내지 못했을 때 쉽게 지쳐버리고 남들과 다른 내 몸의 가동범위에 집중하다 보면 내 안에 깊숙하게 자리 잡은 자기혐오를 마주하게 된다. 매일 아침 못생긴 마음을 끌어안고 부글부글하고 싶지 않다. 그러다 보면 쉽게 포기하게 된다. 요가 수련의 목표를 정한다. 바로 '출석하기'.

컨디션이 좋은 날엔 몸을 더 깊숙하게 굽히고 조금 괴로운 자세에서는 살짝 꾀를 부리기도 하면서 일단 하는 데까지 열심히 출석해봐야겠다. 스스로 몸과 마음을 온전하게 받아들이고자 하는 아침의 수련이 나에게 좋은 기운을 불러오길 바란다.

당신에게

지난밤 늦은 시간까지 누워 핸드폰을 보느라 아침에 눈 뜨기 힘든 당신.

조용한 알람 소리를 듣고 잠에서 깨지만 시끄러운 세 번째 알람이 울리고서야 드디어 이불을 걷어차는 당신.

군더더기 없는 몸짓으로 빠르게 양치하고 머리를 대충 만지며 출근길에 나서는 당신.

출근 시간 지하철에서 내려 빠른 걸음으로 회사까지 성큼성큼 걷는 당신.

깨어 있는 시간의 대부분을 견디기 힘든 상사와 함께 보내야 하는 당신.

점심시간엔 최대한 빨리 밥을 먹고 자리로 돌아와서 이어폰을 꽂고 좋아하는 팟캐스트를 들으며 잠깐 조는 게 하루 중 최고의 달콤한 순간인 당신.

당신의 저녁 식탁엔 냉장고에서 나온 반찬들과 즉석밥이 있고, 당신은 OTT 서비스의 시리즈물을 보며 저녁을 먹고 잔잔한 음악을 틀고 환기를 시키며 디카페인 캡슐 커피를 한 잔 내려 마신다.

하루의 할 일을 모두 마친 당신은 드디어 홀가분한 마

음으로 집에서 가장 아늑한 의자에 앉아 천천히 책을 읽는다. 그 소중한 당신의 시간에 단어와 문장이 존재한다. 마음에 꼭 와닿는 문장을 만나는 날이면 한층 열린 마음으로 잠자리에 든다.

주말이 오면 피곤한 몸을 일으켜 천천히 마음에 물을 주는 시간을 가지려는 당신.

열두 시까지 늦잠을 자고 싶지만 아홉 시가 지나자마자 눈이 번쩍 떠지는 당신.

멍하게 휴일의 아침 공기를 만끽하는 당신.

우유와 달걀을 풀어 팬케이크를 만들어 먹는 느긋한 아침에 작은 행복을 느끼는 당신.

낡고 편한 옷을 입고 늘어지는 오후를 즐기는 당신.

귀한 주말에 친구를 만나기보다는 조용히 혼자 시간을 보내는 당신.

해가 뉘엿뉘엿 저물 때쯤 느릿하게 산책을 시작하는 당신.

엉덩이가 귀여운 강아지들을 보면 몰래 웃음 짓는 당신.

산책길의 마지막엔 서점에 들르고 거대한 서가에 꽂힌 수많은 책 중 한 권을 뽑아 들고 유심히 관찰하는 당신.

당신의 얼굴은 종종 내가 아는 독자들의 얼굴이 되기도 하고 내가 지은 음악을 듣는 사람의 얼굴이 되기도 한다. 때로는 내 글을 어루만지는 편집자의 얼굴이었다가 나의 작업물들을 가장 먼저 모니터해주는 사랑하는 이들의 얼굴이었다가 가끔은 내 얼굴이 되어버린다.

당신을 상상하면 어깨에 책임감이 내려앉고 선명하고 거친 단어 사이에 폭신하고 친절한 단어들이 자꾸 끼어든다. 그리고 나는, 이러면 안 되는데… 이렇게는 곤란한데… 하며 다시 쿠션 같은 단어들을 지운다.

내가 만들어내는 것들 뒤에 당신이 지키고 서 있다고 생각하면 한껏 상냥해지고 싶어 하는 버릇이 있다. 날을 잔뜩 세운 솔직함을 상냥함으로 살짝 덮어 글과 음악으로 나를 만나는 당신이 자극적이거나 고통스러운 것들 말고 친절한 것들만 접했으면 좋겠다는 촌스러운 욕심. 단어로 당신의 마음을 조각내고 재조립하고 싶지는 않다. 잔인한 마음을 돌보고 다스려 따뜻한 쪽으로 나아가고 싶다.

일상에 여유는 없지만 최선을 다해 작은 화분 몇 개를 돌보는 당신.

자주 외롭고 가끔은 울지만 그래도 힘을 내려는 당신.

퇴근길의 지친 발걸음을 멈추지 않는 당신.

나는 매일의 당신을 상상하며 늘 당신에게 감사한다.

그렇지만 늘 당신을 잊고 조금 더 담백해지려 노력한다.

chapter 3.

매일 흐트러진 중심을 다시 잡는다

평안의 미덕

행복했던 만큼 불행해지곤 한다. 좋은 시간을 보내다가도 습관적으로 힐끔힐끔 이후에 다가올 어둠을 엿본다. 생각의 꼬리가 길어 현재의 즐거움을 온전한 즐거움으로 느끼지 못하고, 이후에 다가올 낙하를 기다린다.

기다린 불행은 잊지 않고 나를 찾아온다. 롤러코스터처럼 구름 위를 떠다니던 마음이 한순간에 지하로 떨어진다. 웃으면서 내뱉은 하나의 단어, 집으로 돌아오다가 만난 우연의 무례함에 마음은 너무 쉽게 낙하하고 만다. 오매불망 기다렸으니 작은 단서만 마주해도 마음이 바로 내동댕이쳐지는 것은 당연하다.

잔잔한 행복 뒤에도 잊지 않고 불안이 따라붙는다. 빛과 그림자처럼 함께하는 양가감정에 복잡한 시선으로 행복을 바라보게 된다. 환희의 순간에 환희를 느끼고, 모퉁이를 돌아 만나지는 기쁨을 의심하지 않고 있는 그대로 받아들이고 싶다. 불행을 기다리는 마음으로 살아가는 방식의 각도를 틀고 싶다. 하지만 나는 그렇게 단순하게 디자인되지 않았으며, 아직은 충분히 나를 다스리지 못한다.

적당히 거리가 있는 타인의 행복을 비는 마음은 쉽다. 결혼이나 이사처럼 큰일을 치르고 있는 친구를 만나면 무조건적인 행복을 빌어주며 온 세상의 축복을 모두 모아 퍼붓곤 한다. 마음을 담은 작은 카드에는 하트를 백 개쯤 그려 넣는다. 그의 앞날에 커다란 행복이 가득하길 바란다. 그런데 이별의 순간에 나와 가장 가까웠던 연인의 행복을 비는 일만은 단순하지 않다. '행복하길 바라'라는 마지막 말을 건네고 돌아서는 애잔한 이별 장면 속의 사람들은 어떤 MBTI를 지니고 태어나 어떤 교육을 받았길래 서로의 행복을 빌며 좋은 친구로 남을 수 있을까?

그간 여러 가지 이별을 겪으며 살아왔다. 헤어짐에는 다양한 방식과 위험이 존재했다. 한 사람과 여러 번 헤어지기도, 서로 식어서 헤어지기도, 물리적인 거리가 멀어 헤어지기도, 내 쪽에서 질려 헤어지기도, 상대가 바람을 피워 헤어지기도 했다. 상황의 차이는 있었을지언정 어떤 경우에도 헤어진 연인과 친구가 될 수는 없었다. 적당히 좋아한 짧은 연애 끝에 헤어져 쿨하게 친구로 발전할 수 있는 가능성을 가진 관계도 없진 않았으나, 그마저 의미를 찾지 못해 관뒀다. 좋은 친구 사이로 남아 진심으로 서로가 행복하기를 바라는 그런 관계를 아직 나는 알지 못한다.

어떤 이별 후엔 상대의 안녕을 빌었고, 어떤 이별 후엔 그래도 저주만은 하지 않기로 마음을 다스렸다. 저주해봤자 나만 더 힘드니까. 나쁜 이별을 겪은 직후부터 '헤어진 연인의 행복을 비는 마음'에 대해 생각하게 되었다. 이별 후 행복을 빌어주는 사이로 남기 위해서는 안전한 이별이 필요하다. 상대가 겪을 대미지를 최소화할 예의를 갖춘 사람과 이별하는 것이 얼마나 중요한지! 충만한 연애 못지않게 무사한 이별도 중요하다. 이별이라는 건 결국 다시는 편집할 수 없는 상태를 의미하니까.

최근 행복보다 더 따뜻한 마음으로 바라보고 있는 감정은 '평안함'이다. 평안은 소박하다. SNS에 올릴 만한 거창한 증거를 동반하지 않고, 사적이며 고요한 시간이 모여 평안을 이뤄내곤 한다. 무사히 아침 요가를 할 수 있는 컨디션의 평안함, 사과를 반으로 가르고 곡물빵을 바싹 익혀 뜨겁게 내린 커피와 함께 꼭꼭 씹어 먹는 평안함, 미디엄 템포의 음악을 틀고 천천히 집 안 구석구석을 청소할 수 있는 상태의 평안함, 주어진 스케줄을 모두 마치고도 저녁에는 긴 산책을 할 수 있을 만큼 에너지가 남아 있는 평안함에 감사한다. 마음이 가득 차오르게 충만해지고 함박웃음을 짓게 되는 행복함보다는 걱정도 탈도 없이 무사한 평안함이 한결 더 소중해진다.

그렇게 평안에 집착하다 보니 이메일이나 사인의 말미에 '행복하세요'라고 쓰는 일보다 '평안하세요'라고 쓰는 일이 늘었다. 어차피 이메일 너머의 누군가와는 잠깐 스치는 인연이거나 한 번도 만날 가능성이 없는 관계일 경우가 많지만, 상대가 걱정도 탈도 없이 무사하기를 바라는 진심의 마음을 꾹꾹 눌러 적는다. 시간에 쫓겨 급하게 점심을 먹고도 평안하게 소화를 시키고 책상 앞에 복귀하기를, 집으로 돌아가는 길에 수상한 사람을 만나지 않기를, 오랜만에 찾아간 맛집 앞에서 너무 긴 웨이팅을 마주하지 않기를, 아이들을 제시간에 재울 수 있는 평안함을 가지기를 바란다.

사람들은 종종 타인의 안녕을 해치고 행복해지기도 하고, 꿰맞추기식 정신 승리를 통해 행복을 이뤄내기도 한다. 그렇게 과하고 일방적이며 거창한 행복 대신 나는 당신의 평안을 빌겠다. 그리고 그 평안한 일상에서 좋은 순간들을 많이 만나기를 바란다. 이것이 행복이라며 떠벌리지 않아도 제 발로 찾아올 만족감과 고른 숨을 응원한다.

봄, 여름, 가을, 겨울의 언니들

봄

매일 침대에 홀로 누워서 울던 봄. 봄의 언니는 나를 일으키기로 마음먹은 사람처럼 내 곁을 지켰다. 직접 찾아오거나 전화와 문자로 30분이 멀다고 나의 안녕을 확인하며 여러 가지 형태로 나를 챙겼다.

어떤 충격은 한 번으로는 뇌에 입력되지 않는다. 두 번, 세 번, 열 번, 백 번 언니에게 같은 말을 늘어놓다가 눈물이 터졌다. 앵무새같이 같은 말을 반복하는 나에게 언니는 지치지 않고 계속해서 같은 대답을 내어주었다. 그 와중에도 평정심을 잃지 않았고 매일 내가 잘 잤는지, 식사는 했는지 세심하게 챙겼다. "다섯 시간이나 잤다니 너무 잘했네!", "방울토마토와 빵을 먹었다니 정말 대단해!" 하며 기본적인 일상에도 칭찬을 아끼지 않았고, 지난밤에도 밧줄을 검색했는지 조심스럽게 물어봤다. "그래도 주문은 안 했지?" 하고 확인하는 것도 잊지 않았다. 매일 담담하게 나에게 "죽고 싶은 마음은 괜찮아. 진짜 죽지만 않으면 되는 거야"라고 말해주었다.

조금 나아진 내가 앞으로의 일들에 대한 대화를 시작할 수 있게 되자 지치지도 않고 이전보다 더 많은 에너지를 할애해서 나를 격려하기 시작했다. 어떻게 하면 다음으로 나아갈 수 있는지, 지금 이 위기를 지나려면 필요한 것은 무엇인지 이 끝부터 저 끝까지 모두 점검해주었다.

언니의 정성은 다양한 모양이었다. 어떤 날엔 동네의 맛있는 빵집에서 빵을 사다 주었고, 어떤 날엔 봄이 지나가고 다시 여름이나 가을이 오면 함께 외출하자고 했다. 슬픔에 빠져 집 안에 갇혀 지내는 동안에도 세상은 착실하게 흘러갔다. 집 밖으로 나올 수 있게 되었을 무렵 바깥세상은 여름으로 변해 있었다. 언니는 눈에 보이지 않지만, 세상에서 가장 튼튼한 밧줄로 구렁텅이에 빠져 있던 나를 끌어올렸다.

그 봄 얼마나 무겁게 언니에게 기대고 있었는지 떠올려보면 '과연 나도 누군가에게 그런 사람이 되어줄 수 있을까?' 생각한다.

언니를 포함한 많은 사람과 음악과 식물들의 구원으로 나는 다시 내가 되었다. 천천히 정상적인 사고가 가능해졌고 함께 맛있는 음식을 먹고 싶은 사람도 생겼다.

내 인생에서 쫓겨난 것 같던 그 봄을 기억하다 보면 너무 울어서 다 헐어버린 콧방울과 봄 언니의 극진했던 애정이 떠오른다.

여름

한참 불안하던 여름에도 멋있는 언니가 있었다. 나는 음악가로 살면서 안정적인 삶을 기대할 수 있을지에 대한 고민이 깊던 시기를 보내고 있었는데, 우연한 어느 날 오랫동안 선망의 대상이던 대선배 언니와 가깝게 마주할 기회가 생겼다.

우리 팀도, 언니도 방송을 거의 하지 않았음에도 불구하고 같은 시기에 앨범이 나와 종종 같은 녹화장에서 만나게 되었다. 같은 시기에 활동했던 친구들과 이틀이 멀다고 어울려 지내던 어떤 무더운 여름밤. 갑작스럽게 언니까지 모두 한자리에 모여앉게 되었다.

한여름 밤의 꿈 같은 날이었다. 우리는 팥빙수를 앞에 두고 왁자지껄한 시간을 보냈다. 들뜬 마음에 신이 나서 각자의 이야기를 떠들었고 가만히 듣던 언니는 조금 즐겁고 조금 불안해 보였다.

이런저런 대화를 나누던 와중에 언니가 “이랑이는 항상 편안해 보여서 좋아”라는 칭찬을 해줬다. 나는 아주 기뻤지만 동시에 정곡을 찔린 듯한 기분이 들었다. “언니 근데 저 사실 속은 엉망이에요. 엄청 불안하고 모르겠는데 그래도 노력해요” 하고 대답했더니 “그게 더 좋은 거야. 더 멋있는 거야” 했다. 지나가는 순간의 짧은 이야기였지만 그 말은 내 안에서 근사한 화학작용을 일으켰다.

“그게 더 좋은 거야. 더 멋있는 거야.”
“그게 더 좋은 거야. 더 멋있는 거야.”
“그게 더 좋은 거야. 더 멋있는 거야.”

그날 이후 불안한 내가 조금 덜 싫었다. 숨이 턱턱 막히고 어찌해야 할지 모르겠는 순간을 만날 때마다 ‘이게 더 좋은 거야. 더 멋있는 거야’ 하며 언니의 목소리를 빌어 자신을 달랬다.

어두운 자신을 감추려고 노력하지 않고 살아가는 쪽이나 노력해서 나아지려는 쪽이나 더 멋있고 덜 멋있는 건 없을지도 모른다. 하지만 나는 그저 내 방식대로의 삶을 살았고, 최선을 다해 애썼으며 그게 틀리지 않았다는 위안이 필요했다. 오래도록 선망하던 목소리를 통해 나의 불안을 이해받던 순간 자신의 나약함도 이해하게 되었다. 여름밤에 만난 언니의 한마디가 하룻밤 사이 나를 한여름 죽순처럼 쑥 자라나게 했다. 저 멀리 별처럼 빛나는 언니가 밝히는 빛을 보며 간다.

가을

가을의 언니는 꿈같은 집을 가지고 있다. 이곳은 70년대에 지어진 건물인데 호텔로 쓰이다가 아파트로 바뀌었다고 한다. 그래서인지 복도에는 나이 든 카펫이 깔려 있고 엘리베이터 앞은 호텔처럼 꾸며져 있다. 이 건물은 분명 서울의 한중간에 자리 잡고 있는데 창문 너머 숲이 보이는 풍경과 오랜 시간 갖춰온 가구들 때문에 북유럽의 어딘가에 와 있는 기분이 든다. 그러다가 방문을 열어보면 북유럽보다는 차라리 일본인가… 싶기도 한 오묘하게 아름다운 집이다. 건물이 지나온 시간이 긴 만큼 이 집은 아주 많은 보수 공사를 거쳤다. 주인이 바뀌고 또 바뀌어온 집은 구조와 전기장치가 모두 제멋대로다. 한눈에 모든 구조를 짐작할 수 있는 요즘의 집들과 다른 점이 즐겁다.

가을의 나는 언니의 거실에 앉아 글을 쓰고 있다. 언니와 강아지가 주말여행을 떠나는 동안 집에 와서 머물면서 쉬라고 반강제적으로 통보해왔다. 그렇게 강하게 이야기해주지 않았다면 아마 나는 예의를 차리느라 적당히 거절하고 내 집에 머물렀을 것이다. 가을의 언니는 지금 나에게 전환점이 필요하다는 사실을 아는 것 같다. 다른 공간에서 다른 생각을 하고 다른 테이블에서 먹고 다른 침대에서 잠들며 나를 이루는 것들에서 잠시 벗어날 필요가 있다는 사실을 모두 알고 있던 것이 분명하다.

통창으로 이루어진 집의 바깥에는 막 가을로 옷을 갈아입는 숲이 자리하고 있다. 숲을 비껴 들어오는 해가 창문을 통과해 바닥으로 떨어지며 만들어내는 그림자를 구경하면서 가을의 언니가 마련해둔 스콘과 차이티를 마신다. 옆에 가지런히 놓여 있던 클로티드 크림과 딸기잼을 스콘에 듬뿍듬뿍 발라 크게 한 입 베어 먹는다. 어째서 언니는 늘 모든 것을 알고 있을까? 어째서 언니는 이렇게 부담이 되지 않는 형태의 다정함을 가지고 있을까?

다정한 동시에 언제나 쿨한 언니는 직관적으로 말하고 행동하지만 지나치거나 모자란 법이 없다. 그래서 언니 앞에서는 항상 버둥거리는 기분이 들곤 하는데 그게 싫지 않다. 평소에는 버둥거리고 평정심을 잃는 나 자신을 못 견디게 싫어하는 편이지만 어차피 끝판왕인 언니 앞에서라면 괜찮다는 느낌이랄까.

한 사람이 이타적인 동시에 쿨할 수 있다는 사실을 나의 시스템에 입력한다. 분명 어렵겠지만 가능한 일이다. 냉정함을 잊지 않으면서도 크게 웃고, 모든 것에 대한 해답을 가지고 있는 언니를 보고 종종 '나도 언니 같은 태도를 가지고 싶다'고 생각한다.

언니의 공간을 흩트리지 않으려 노력하며 언니가 일궈둔 아름다운 장면들을 구경한다. 빈티지 책상, 디머 스위치가 훌륭하게 작동하는 베드사이드 테이블의 스탠드, 노트북을 올려두고 서서 작업하기 딱 좋은 높이의 서랍장은 수십 개의 작은 서랍들로 이루어져 있고 한쪽

벽에 쌓인 그림들과 온 집 안 구석구석 자리하고 있는 향을 내는 물건들까지 모두 언니와 똑 닮았다. 물건을 고르고 올바르게 정렬하며 마음을 기쁘게 하는 학문이라도 있는 걸까 싶다. 나 몰래 그런 학문이 있다면 아마도 언니는 그 학과의 박사과정까지 모두 마친 모양이다.

'시켜 먹으려면 한남 소면 비빔국수가 맛있어', '자기 전에는 발치에 온수매트를 틀고 자', '냉장고에 있는 생강청 뜨거운 물에 타 먹어'라고 툭툭 일러주는 언니의 지침을 따르며 언니가 잔뜩 꽂아두고 간 카라꽃 꽃병을 바라본다. 삶을 아름답게 가꿀 줄 아는 언니가 있어서 정말 다행이다.

'언니 그런데 이 집 거실 불 끄는 스위치는 어디 있어요? 벌써 제가 언니네 집에서 이틀 밤을 잤는데도 못 찾겠어요!'

겨울

어떤 겨울에는 현관문 손잡이에 고구마를 걸어두고 간 언니가 있었다.

겨울의 언니는 종종 나의 무절제한 식습관을 걱정하

곤 했다. 위장이 예민한 주제에 달고 맵고 짜고 기름진 것들만 좋아해서 배달 음식을 달고 살며 자꾸 탈이 나는 나를 가까이에서 오래 지켜봐 온 언니였다.

어떤 날엔 언니가 아주 맛있는 고구마를 샀노라 하고는 별 기별도 없이 따끈한 고구마를 걸어두고 갔다. 같은 동네에 살던 시절이라 제철 과일이나 대용량으로 파는 할인매장의 물건들을 자주 나누곤 했기에 그날의 고구마도 기쁘게 가지고 들어왔다. 봉투를 열어보니 고구마는 언니가 딱 좋아하는 길쭉하고 단단한 모양이었다.

자세히 보니 고구마의 중간중간 뿅뿅 구멍이 뚫려 있었다. 순간적으로 고구마가 익어가는 냄비 앞에 서 있는 언니의 모습이 떠올랐다. 잘 익었을지 궁금해하며 얇은 쇠젓가락으로 고구마를 찔러보고 젓가락이 고구마에 푹 찔리지 않으면 다시 뚜껑을 덮고 사부작사부작 부엌에서 바삐 움직였을 언니의 모습이 눈앞에 보이는 것 같았다. 고구마 옆구리의 작은 구멍을 보며 이유 모를 눈물이 뚝뚝 흘러내렸다.

겨울의 언니는 늘 내게 작은 것들의 즐거움을 알려주었다. 언니는 어디에 살든지 그 공간과 꼭 맞는 패브릭을 골라 집을 아늑하게 꾸몄고, 어디서도 볼 수 없는 아름다운 가구들로 자신의 취향에 물을 주는 언니를 보고 나는 조금 더 나다운 물건들을 고르는 방법을 배웠다. 우리는 시답잖은 이야기를 나누며 깔깔 웃는 시간이 얼마나 중요한지, 즉흥적으로 훌쩍 떠날 수 있는 마음 상태가 얼마나 소중한지, 감이 좋은 침구와 티셔츠가 얼마나 대단한지에 대한 이야기를 끝도 없이 나누었다. 언니와 함께라면 어느 도시에서든 가장 귀여운 카페를 찾아 들어가서 한참 동안 웃곤 한다.

언제나 그 순간을 가장 중요하게 여기며 살아가는 언니는 훌쩍 제주로 날아가 버렸다. 언니는 제주에서도 언니만의 감각과 색깔을 마음껏 발휘해 아름다운 삶을 꾸려 나가고 있다. 이제는 동네 친구로 지낼 때만큼 자주 만날 수 없는 사이가 되었지만, 언니를 떠올리면 항상 좋은 향기와 뿡뿡 구멍이 뚫려 있던 고구마의 기억이 포근하게 거기에 있다.

끈질기게 나를 끌어준 봄의 언니도, 나의 나약함을 직면하고 자라나게 해준 여름의 언니도, 끈적이지 않는 다정함과 좋은 향을 떠오르게 하는 가을의 언니도, 맛있는 고구마와 디테일한 센스로 늘 나를 감동하게 하는 겨울의 언니도 모두 내가 좋은 언니가 되고 싶다는 마음을 심어준다.

봄, 여름, 가을, 겨울의 언니들뿐만 아니라 중요한 계약을 앞두고 조언을 구하게 되는 똑똑한 언니, 실없이 웃으며 바보 같은 농담을 주고받고 비틀스나 오아시스를 들으며 주체할 수 없는 에너지를 나누곤 하는 몽상가 언니, 원더우먼처럼 끝없이 많은 일을 해치우면서 척척박사처럼 육아를 해내는 중심이 단단한 언니, 오랜 시간 같은 자리를 지키며 소중한 공간을 가꿀 줄 아는 멋있는 사업가 언니.

세상에 수많은 언니들을 보며 내가 나아갈 길을 찾아본다. 언니들이 걸어 나가는 길옆에 나도 작은 길을 만들어 나만의 목적지를 향해 간다.

삶의 밸런스

'안전지대'라는 단어만 들어도 몰려오는 안온함이 있다. 모자란 나의 구석구석을 이해하는 동시에 충만한 애정을 품은 사람들과 시간을 보내고, 나를 괴롭히지 않는 일들만 처리할 때의 일상은 정말 끝내주게 안락하다. 편안한 옷을 입고 이미 천 번은 걸어본 길을 걷고 한산한 시간의 카페에서 커피를 마시고 무리 없이 해낼 수 있는 일들만 수락하다 보면 금방 안전지대에 녹아들고 만다. 원체 안전한 하루를 보내고 나면 삶의 만족도가 치솟는 종류의 인간인지라 방금 보낸 것과 완전히 똑같은 하루를 천만 번 더 반복할 수도 있겠다는 기분을 느낀다. 안전지대가 성립될 때의 삶은 빠르고 윤택하게 흐른다.

더 이상 안전지대에 머무를 수 없도록 가로막힌 시기엔 슬픔이 얼마나 변화무쌍한 감정인지를 맛보았다.

끝맛이 비린 슬픔은 비열한 마음으로 변하고, 아련한 슬픔은 미련이 된다. 트라우마로 빚어진 슬픔은 머릿속에서 같은 노래를 수천만 번 반복해서 재생시키고, 딱 좋을 만큼의 슬픔은 노래나 글이 되기도 하며, 억울한 슬픔은 복수로 변할 때도 있다. 나의 슬픔은 그 모든 모습을 갖춰 입고 모든 형태로 나와 하나가 되었다. 그리고 슬픔 앞에 무릎 꿇지 않고 떨쳐버리고 싶은 모양이 되었을 때 다행히 슬픔은 용기로 변해갔다.

기다려왔던 용기가 양손에 쥐어진 순간 놓치지 않고 꽉 잡았다. 손가락 사이로 빠져나가지 못하게 꽉 막아 1g도 흘리지 않고 모두 내 것으로 만든다. 어차피 안전한 세상이 바스러져 막다른 길에 있었다. 돌아가지 않는다. 다른 길도 없다. 닫힌 세상 너머의 새로운 세상으로 나선다.

한 해 동안 스스로 불편하게 만드는 일에 뛰어들어 보기로 결심했다. 일도 사람도 고르고 가리던 시절을 잠시 접어둔다.

단단한 용기로 무장하고 세상에 나서니 세상은 나를 기다렸다는 듯 양팔을 한껏 벌리고 있었다. 그렇게 나는 너무 많은 일을 받고, 너무 많은 약속을 잡고, 너무 많은 전시회에 가고, 너무 낯선 동네로 향했다. 두려운 일, 어려운 일을 모두 수락하는 1년의 시작이다.

기고, 연재, 공연, 페이가 맞는 행사, 페이가 맞지 않는 행사, 재능기부, 강연과 방송까지 캘린더가 빈자리 없이 빼곡하게 찼다. 나와의 시간, 여유 있는 시간은 포기했다. 숨 쉴 시간만 제외하고는 머릿속에 온통 일에 대한 생각만 가득하도록 나를 몰아붙였다. 어쩌다 하루, 시간이 생기면 전시회를 보러 가고 새로운 도시로 떠난다. 잡생각에 시달려 약해지지 않기 위해 좋은 방법이었다. 체력이 다해 악으로 해나가기 시작하면서 처음 느껴보는 무아지경에 접어들었다. 나의 한계가 어디까지인지 조금씩 더 밀어붙이면서 탁! 끊어지기 직전까지 가보고 싶었다. 도저히 더는 버틸 수 없는 상황에서 몸과 마음의 체력이 완전히 고갈되고 나서야 '아, 여기까지였군' 하고 허탈하게 웃었고, 다시 금방 새로운 고무줄을 들고 비장한 마음으로 세상에 나섰다. '나는 살아있다. 나는 내가 생각하던 사람보다 훨씬 강해질 수 있는 사람이다.'

두려운 일을 하는 1년을 마치고 나는 다시 안전지대로 돌아와 원고 작업에 매진하고 있다. 아침에 요가를 가는 날을 제외하고는 집 밖으로 나가는 일이 드물고,

새로운 자극을 위해 눈에 불을 켜고 주변을 두리번거리지도 않는다. 외부의 자극을 최소한으로 하고 내 안에서 일어나는 일들에 귀를 기울이며 차분히 키보드를 두드린다. 40분간 작업을 하고 20분간 식물들을 돌본다. 40분간 작업을 하고 20분간 거실을 청소한다. 40분간 작업을 하고 20분간 스트레칭한다. 역시 안전지대는 최고다.

정서적 무균실에서의 삶에 대해 자주 생각한다. 깊게 마음을 들여다보지 않아도 편하게 지낼 수 있는 아름다움과 평안함에 대해 생각한다. 나와 같은 곳을 바라보는 사람들만 곁에 두고 이념이나 가치관이 전혀 다른 사람들의 의견은 깊이 바라보지 않으며 적당히 돈을 벌고 적당히 맛있는 것을 먹는 일상이 얼마나 소중한지 생각한다. 보송한 잔디밭을 걷는 것 같은 쾌적함이 보장된 나날이다.

그렇지만 정반대로 안전지대를 벗어난 삶에 대해서도 자주 생각한다. 두렵고 위험한 지점에 곧게 서야지만 비로소 보이기 시작하는 세상에 대해 생각한다. 편하게 등을 기대고 앉아서는 도저히 보이지 않던 세상, 더 빠르고 더 무성한 정글 같은 바깥세상에는 새로운 사람들과 새로운 길, 새로운 단어와 새로운 음악들이 가득하다. 견딜 수 없는 이념과 삶의 방식도 잔뜩 흩뿌려져 있다. 열대우림의 잎사귀가 내 이마를 스치고 풀숲에서 어떤 동물이 튀어나올지도 예상조차 할 수 없다. 무엇을 취하고 무엇을 버려야 할지는 내가 결정할 수 없다. 그저 수많은 자극을 받아들이고 내 안에서 무사히 소화되기를 바랄 뿐이다.

이번에는 안전지대에서의 시간을 너무 길게 보내지 않기로 했다. 작업을 마치고 나면 힘껏 내 등을 밀어 다시 위험지대로 걸어 나갈 생각이다. 모르는 길을 걷고, 멀리 떠나고, 새로움을 마주하며 다시 나를 위험에 빠뜨릴 것이다. 안전지대를 벗어나야 마주할 수 있는 나 자신을 마주할 것이다. 아마 당분간은 안전지대와 위험지대를 오가며 적당한 밸런스를 찾아가기 위해 노력하지 싶다. 안전하기만 한 것도, 위험하기만 한 것도 재미없으니까.

회색지대의 맛

고백하건대, 사람들이 '인디 뮤지션'에 대해 가지는 선입견이 나의 자아에 큰 영향을 미쳤다.

누군가가 이십 대의 내게 '너 지금 그 행동 전부 선입견 때문에 하고 있는 거야'라고 말한다면 지금보다 공격적이던 그때의 나는 아마 그의 이론을 부정하며 매서운 눈으로 할퀴려 들었을 것이다. 그러나 삼십 대의 나는 조금 더 솔직해졌고 내가 어떻게 보일지에 대한 고민은 줄었고 중심을 보는 눈이 생겼다. 선입견이 나를 흔들었음을 인정할 수밖에 없다. 뭣 모르고 잘 속아 넘어가던 시절에는 시대와 직업이 나에게 요구하는 것들에 맞춰 충분히 나답지 못한 순간이 많았다.

이십 대의 나는 인디 뮤지션답게 까만색으로 손톱을 칠하고 양손에 반지를 열 개씩 꼈다. 타투를 하고, 신을 때마다 뒤꿈치에 상처가 나는 닥터마틴을 신고, 테라스가 있는 카페에 앉아 가사를 썼다. 엉뚱한 말을 뱉고 모르는 사람들이 잔뜩 모인 자리에서 서슴없이 엉겨 놀았다. 그 모든 행동은 종종 롤플레잉 같았다.

락커답게 폭음을 하고 밤새도록 춤을 추고 음악을 들으며 쓰레기로 가득한 새벽의 홍대 거리를 걸었다. 크게 웃거나 목 놓아 울고 동이 트고 나서야 엉망으로 번진 얼굴로 집에 돌아와서 오후가 늦도록 죽은 듯이 잠을 잤다.

생활 패턴이 엉망인 데다가 무책임하기까지 해서 중요한 약속에 늦었다. 한참을 더 붙들고 있어야 할 일을 대강 마무리하기도 했다. 아이고 창피해라. 이 글을 쓰는 지금 무릎 꿇고 반성하는 마음으로 한 문장 한 문장 늘어놓으며 속죄하는 중이다.

세상이 새롭고 즐겁고 반짝이던 그 시절의 나는 무모하고 겁이 없고 부주의하게 살았다. 어딘가 그 시절의 나 자신을 후회하는 것 같은 문장이 되어버렸지만 전혀 아니다. 세상에는 조심스러운 겁쟁이를 위한 즐거움보다 무모하고 부주의한 사람을 위한 즐거움이 훨씬 많이 널려 있기 때문에.

'젊은', '인디 뮤지션'은 그렇게 살아야 마땅하다고 생각했다. 스테레오 타입이라는 것이 이렇게 무섭다. 욕망의 한쪽 모퉁이를 차지하고 행동양식을 지배한다.

위기의 순간마다 내 안에 깊이 자리 잡고 있는 내향적 기질은 남몰래 고통받았다. 남들이 무슨 생각을 하고 살든 나는 나대로의 근사함을 추구했다거나 정확한 기준을 가지고 행동했더라면 그 시절이 조금 달랐겠지만 그 모든 순간을 겪었기에 지금의 내가 되었다는 사실도 부정할 수 없다.

요란하게 살아내던 시절, 매일이 즐거움만으로 가득했었다면 좋았을 텐데 인간은 그렇게 단순하지 않다.

아주 억울하게도 나를 이루는 시스템은 아주 비효율적인 편인데, 한쪽 끝의 내가 즐거움을 느끼는 순간 반대쪽 끝에 선 나는 기다렸다는 듯 고통받는 역할을 도맡아 가슴을 치고 있다. 그래서 그 시절이 정말 즐거웠지만 동시에 터질 듯이 괴롭기도 했다. 원래 다들 이렇게 견디고 참아내며 사는 줄 알았지만 사실은 그렇지 않다는 것을 깨닫고 큰 분노를 느꼈다.

'아무런 고통도 느끼지 않고 온전히 즐거운 사람도 있단 말이지?'

있다. 분명 어딘가에 있다. 부럽도록 효율적인 시스템

으로 담백한 하루를 사는 사람들도 지구에 함께 살고 있다. 그저 그게 내가 아니고 당신이 아닐 뿐.

아무튼 시스템이 엉망진창인 나는 분노와 우울, 타협, 인정을 반복하며 매일을 살아낸다. 하지만 나의 즐거움과 괴로움을 이루는 메커니즘을 열심히 파악해둔 덕에 '안전하게 취할 수 있는 오늘 치 행복을 내일로 미루지 말자'는 확실한 기준도 갖추었다. 그날에 할당되어 있는 즐거움은 남기지 않고 탈탈 찾고 느끼며 살아낸 하루를 다음 하루와 엮는다.

빛나는 순간은 공연이 매진되거나 증쇄를 찍는 큰 기쁨 사이에 머물지 않는다. 오히려 남몰래 느끼는 찰나의 작은 기쁨 사이에 숨어 있다. 아스팔트를 뚫고 자라난 새싹, 흙냄새를 풍기며 내리기 시작하는 단비, 무심코 집어든 책 속의 한 문장 사이에 탐스럽게 존재한다. 나는 그 짧은 순간의 오늘 치 즐거움을 엮어 어떤 시절의 하루하루를 살아내는 것이리라.

한 살 한 살 나이를 먹으며 조심스레 나에게서 덜어낼 것과 더할 것을 고른다.

이제 막 몸이 다 자라 마음이 가장 갈피를 못 잡던 시절에 살던 세상은 지금과 다르다. 과거의 세상에서 골라 완성된 '나'라는 사람을 조각조각 해체하고 그중에 내일로 데려갈 조각을 고른다. 무엇도 영원하지 않고 어떤 이념도 절대적이지 않다는 사실을 기억한다.

이십 대 초반부터 홍대 근처에서 음악을 하고 지냈으니 꽤 오랜 시간을 마포구에서 보냈다. 한 분야에 십수 년 동안 몸담고 있다 보면 업계에 아는 사람이 많아진다. 가깝게는 뮤지션 친구들부터 시작해서 극장관계자들까지, 정신을 차려보니 어느새 나의 세상은 음악계 종사 프리랜서들이 가득 채우게 되었다.

비슷한 결을 가지고 살아가는 사람들이라 동네에서 마주치게 되는 일도 잦았다. 누군를 만날 가능성이 많은 공간에 가면 '혹시 오늘은 또 누군가를 만나게 되지는 않을까?' 하는 기대를 가지기도 했다. 예상치 못한 누군가를 만나 뜻밖의 이벤트가 벌어지는 게 좋았다.

거칠 것 없던 이십 대를 벗어나며 인연은 여러 갈래로 뻗어나가 의도하지 않은 악연을 만들었다. 스쳐 지나가던 사람이 철천지원수가 되기도 하고 소중하던 사람이 내 마음속 우주 반대편으로 영영 사라지기도 했다. 직접적인 악연이 아닐지라도 얽히고설킨 관계의 씁쓸함을 견디기보다는 그냥 관계를 포기하는 편이 낫다는 판단하에 곁에 있던 사람들과 멀어지기도 한다. 사회생활을 시작하던 무렵에는 흑과 백 두 개의 색으로 이루어져 있던 세상이었다. 시간과 이념과 사람이 뒤엉켜 세계는 점점 회색으로 바뀌어간다.

더 이상 길에서 누군가를 마주치게 되지 않을까 기대하지 않는다. 오히려 누군가 만나게 될까 봐 어깨가 움츠러들거나 몸을 돌려 가던 길을 되돌아간다. 혹시 존재할지도 모르는 의외의 자극으로부터 몸을 돌려서는 나를 발견하고 '아, 이제는 조심스러운 겁쟁이가 되었나' 생각한다. 회색지대는 그런 것이다.

'뮤지션'이나 '작가' 같은 단어가 나를 작은 상자에 가두지 못하도록 저항한다. 크나큰 즐거움을 누리는 매일보다는 잔잔한 매일을 기대한다. 흑과 백으로 이루어진 세계를 살던 시절에는 보이지 않던 세상을 본다. 한없이 흰색에 가까운 회색과 너무 짙어 검정 같아 보이는 회색의 사이를 오간다.

알보 몬스테라

첫 책인 《아무튼, 식물》을 펴내고 난 후 식물에 진심인 사람들이 늘어가는 것이 몸소 느껴지기 시작했다. 봄이면 구근을 심고, 여름이면 열대식물들이 거대하게 자라나고, 가을엔 양치식물이 건조한 공기에 몸살을 앓고, 겨울이면 멈춰 선 식물들 때문에 발을 동동 구르는 과정을 함께할 동지들이 더 많이 생긴 것이다. 덕질은 원래 혼자 해도 재미있지만, 함께하면 그 재미가 더해진다. 식물 사진과 식물의 이야기만 주로 나누는 SNS 계정을 통해 효과가 좋다는 비료와 수입 식물의 소식으로 즐거운 하루하루를 보냈다. 그렇게 레이더를 켜놓고 살던 어느 날, 하남의 모 농원에서 '알보 몬스테라'를 구할 수 있다는 소식이 들려왔다. 아주 오랫동안 나의 위시리스트 꼭대기에 자리 잡고 있던 식물을 데리고 올 때가 되었다는 짜릿함! 드디어 이 친구를 한국에서도 만날 수 있게 된 것이다.

알보 몬스테라는 몬스테라의 변이종으로 '몬스테라 보르시지아나 알보 바리에가타Monstera borsigiana albo variegata'라는 길고 어려운 풀네임을 가지고 있다. 진한

초록의 이파리에 하얀 무늬를 가진 알보는 돌연변이의 아름다움이 높게 평가되는 식물의 세계에 혜성처럼 등장했다.

그간 구입했던 다른 식물들에 비해 알보는 몸값이 매우 높았다. 3천 원이면 한 포트씩 데려와 키울 수 있는 라벤더와 로즈메리가 주를 이루던 나의 정원에 무려 5만 원짜리 알보 몬스테라 유묘가 추가되었다. 아직 알보를 키워본 사람이 많지 않던 시절이라 생육 조건에 대한 가이드라인이 전혀 없었다. 알보를 수입해 온 농장에서도 분갈이를 하지 말라는 이야기만 전했을 뿐 뚜렷한 데이터가 없는 건 마찬가지였다. 희귀식물을 키우면서 가장 재미있는 부분도, 가장 어려운 부분도 바로 이렇게 가이드라인 없이 나 스스로 방법을 찾아가야 한다는 점이다.

'어떻게 키우면 알보가 건강한 어른으로 자라날까?' 고민하며 먼저 다른 몬스테라들을 거대하게 키워낸 방식을 똑같이 시도해보기로 했다. 테라스의 땡볕 아래 매일같이 물을 주며 강하게 키웠다. 늦봄의 따가운 태양 아래 싱그럽던 알보는 이파리가 노랗게 변하기 시작하더니 결국 작은 이파리가 모두 타들어 가고 말았다. '아, 다른 몬스테라들이랑 똑같이 키우면 큰일 나겠군!'

첫 번째 시도가 처참한 실패로 마무리되었다. 죽기 직전의 알보 몬스테라를 집 안으로 데리고 들어온다. 이번엔 거실에서 적당히 빛을 줄이고 공중 습도를 높여 키우기 시작했다. 알보는 집 안에서 적응하느라 한참을 멈춰 있다가 계절이 지나며 새 이파리를 올렸다. 죽음을 면한 아가 알보는 천천히 성체로 성장했다.

알보가 자라는 동안 식물 시장에는 큰 변화가 있었다. 그 변화를 불러온 건 다름 아닌 팬데믹이다. 전 세계 사람들이 집 안에서 보내는 시간이 늘어나면서 인테리어에 관심이 커졌고, 각자 집에서 싱그러움을 느끼겠다는 의지를 불태웠다. 세계적으로 락다운이 감행되던 시점에 식물 시장은 큰 호황을 누렸다. 수요가 많아지니 자연스럽게 가격도 오르기 시작했다. 주변을 둘러보니 농장과 토분을 만드는 업체, 흙을 제조하는 업체 등 반려식물과 관련된 시장이 모두 성장하는 분위기를 느낄 수 있었다. 실내식물, 정원 조경할 것 없이 한국의 식물 시장은 빠르게 변했다. 실내 가드닝을 즐기는 사람들이 늘어갈수록 희귀한 고가의 식물들은 더 주목받기 시작했고 알보 몬스테라의 가격은 천정부지로 치솟았다.

뿌리가 없이 이파리만 잘라 10만 원, 20만 원에 판매되기 시작하더니 무늬와 상태가 좋은 이파리는 50만 원, 백만 원의 몸값에 거래되었다. 돌연변이 특성상 씨앗으로 번식하기엔 확률이 희박하기 때문에 번식을 위해선 잘 자란 알보 몬스테라를 잘라서 뿌리를 내리고 이파리를 올리는 상황을 반복해야 하는데, 알보는 기하급수적으로 번식할 수 없다는 사실 때문에 더 희귀하게 여겨졌다. 이내 이파리가 없이 상태가 아주 나쁜 공중 뿌리만 달고 있는 2센티짜리 줄기가 비싸게 판매되는 것을 보고 나는 고개를 휘휘 내젓게 되었다. 몇몇 미디어에서 소개되는 '식테크'라는 단어를 보고 문외한들이 뛰어들어 오직 돈벌이를 위한 식물을 키우기 시작했다. 이전의 '식테크'가 잘 자란 식물을 잘라 번식하고 구하기 어려운 종류의 식물들을 적당한 가격으로 주변에 분양하던 것과는 다른 양상을 띠게 되었다.

17세기 네덜란드에서는 튤립을 둘러싼 과열 투기 현

상이 일어난 적이 있다. '튤립 버블'이라고 불리는 이 현상은 역사상 최초의 자본주의적 투기로 알려져 있는데 아름다운 황제 튤립 하나와 소 20마리를 바꿀 정도로 튤립이 비싸게 거래되었던 현상을 칭한다. 모두 사람의 광기가 만들어낸 현상이다. 알보의 가격이 치솟는 모습을 보며 슬그머니 튤립 버블이 떠오르고 만다.

어떤 시장이든 자본이 쏟아지면 시장의 형태는 변한다. 자고 일어나면 알보의 가격이 더 올라가는 상황을 보고 있자니 마음이 복잡했다. 식물에는 전혀 관심이 없이 돈을 보고 뛰어든 사람들이 '알보 코인'이라는 말을 만들어가며 알보의 몸값을 더 높이고 경쟁하듯 희귀식물을 사들였다.

그런데 사실 알보는 매우 까다로운 식물이다. 열정만 가지고 뛰어든 초보가 아름답게 키워내기엔 비교적 성장이 느리고 습도나 통풍이 부족하면 이파리가 상한다. 멋모르는 희망을 품고 덥석 알보를 구입하는 초보들이 늘어날수록 걱정이 앞섰다. 백만 원짜리 식테크 강의가 생겨나고 천만 원짜리 희귀식물이 거래되고 일억짜리 식물이 전시된다. 빠르게 키우기 위한 흙 배합이 오고 간다. 식물 자체에는 전혀 관심이 없지만 식물로 돈을 벌고 싶어 하는 사람들이 이렇게 많을 줄은 정말 몰랐다. '희귀'라는 단어가 건드리는 사람의 마음속에는 무서운 것들이 숨어 있다.

가드닝의 순기능을 생각한다. 푸드 마일리지를 줄이기 위해 상추 씨앗을 뿌리고, 깻잎을 심는 사람들을 떠올린다.

흙의 감촉에서 위안을 얻으며 고요하게 내 곁을 지키는 식물의 마음을 읽고자 오감을 기울이는 사람들을 떠올린다.

어려운 마음을 한 스푼 덜어주는 새순과 새벽 일찍 깨어나 고개를 드는 이파리를 생각한다.

식물들에 달라진 것은 아무것도 없다. 그들은 여전히 고요하고 여전히 정직하며 여전히 숭고하고 경이롭다. 내 마음속에 일어나는 소음은 사람이 만들어내는 현상일 뿐이다.

내가 집중해야 할 것은 마음을 흩트리는 사람들이 아니라 지금 내 곁을 지키는 조용한 무스카리꽃이라는 사실을 명심한다. 누군가 큰 피해를 보지는 않기를 바라며 나는 나의 중심을 잡아간다. 매일 흐트러진 중심을 다시 잡는다. 한창 들끓던 식테크와 식물 시장도 이제 천천히 평정심을 찾아가는 중이다. 많은 사람들이 손끝에서 피어오르는 이파리의 경이로움과 즐거움을 알아가길 바란다.

오해에 대처하는 나의 자세

나에 대한 오해를 전해 들었다. 햇살이 가득한 카페에서 기분 좋게 크림커피를 마시던 중이었다.

이야기 속의 나는 내가 피해를 본 상황의 가해자가 되어 있었다. 머리를 얻어맞은 것처럼 충격에 빠져서 이성은 자취를 감췄다. 비논리적인 생각은 금세 다른 부정적인 생각에 기름을 부어댄다. 내 머릿속에선 그동안 힘들 때 곁에서 함께 걷던 친구들, 나의 창작물을 아끼던 사람들이 단 한 명도 빠짐없이 모두 나를 오해하고 있으리라는 또 다른 오해를 빚어내고 그 오해는 이미 내 안에 마지막 남은 진실로 입력되어 자기혐오를 부추긴다.

대체 이 오해는 어디서부터 비롯되었던 것일까?

곰곰이 생각해보니 어쩌면 얼핏 짐작하고 있었는지도 모르겠다. '음? 왜 나를 이런 온도로 대하지?', '엥? 설마 뭔가 잘못 알고 있나?' 애매하게 불편한 순간이 반복되고 있었다. 하지만 오해의 실체를 마주하자니 머릿속이 하얗게 변했다. 나의 노파심이 실체를 가지고 나를 덮치기 시작했다. 이렇게 또 슬픈 예감은 틀리지 않고….

살다 보면 유난히 피해자의 껍질을 뒤집어쓰고 싶어

하는 사람들을 만나게 된다. 스스로 저지른 가해를 덮기 위해서 다른 피해 상황을 앞세운다든지, 객관적으로 전혀 피해를 받은 상황이 아님에도 억지 명분을 만들어 본인을 피해자로 만든다든지 하는 곤란한 기질을 가진 사람들이다. 어떤 상황에서도 가해자가 되어서는 안 된다는 신념, 무슨 일이 있어도 살아남겠다는 생존본능 때문에 제대로 상황을 마주하고 보상을 위해 노력하기보다는 본인을 피해자로 포지셔닝하며 재빠르게 움직인다. 눈물 어린 호소로 주변 사람을 끌어모으고, 자신의 상황을 정당화하며 위기에서 빠져나가곤 한다.

가해자의 시간은 빠르게 흐른다. 법의 테두리에서 잘잘못을 따질 수 없거나 피해자가 직접 나서 공식적으로 조처를 하지 않는 상황에서라면 더욱 그렇다. 그들은 자신이 저지른 잘못에서 멀리 달아나 앞만 보겠다는 일념 하에서 세상을 헤쳐 나가는 힘을 얻는다. 과거의 사건에 얽매이지 않고 밝은 미래를 향해 달려가는 가해자의 발걸음은 얼마나 힘찬지, 주눅이 들 정도다.

반면 진짜 피해자의 시간은 쉽게 흐르지 않는다. 한 자리에 멈춰버린다. 같은 장면을 계속 반복하며 벗어나고자 안간힘을 써봐도 벗어날 수 없는 어둠에 다시 또다시 잠식당하고 만다. 일상의 틈마다, 예측할 수 없는 순간마다 트리거가 작동하고 상처받은 사람의 두 발을 꽁꽁 묶는다. 괜찮은 척이 괜찮음이 될 때까지 얼마나 많은 시간을 견뎌야 하는지는 아무도 알 수 없다.

사람은 어렵다. 어떤 관계는 시간이 지날수록 더 어려워진다. 함께 지내온 시간과 역사가 쌓일수록 서로에게 더 복잡한 마음을 적립하고 만다. 이타적인 줄 알았던 사람이 한없이 이기적인 모습으로 둔갑하기도 하고, 나쁜 사람도 나쁜 사람이 되어야 하는 결정적인 순간이 오기 전까지는 좋은 사람의 가면을 쓴 채로 곁에 머무르기도 한다. 어차피 계속 모양을 바꾸는 게 인간 관계라면 나는 누군가를 판단하기보다는 있는 그대로 받아들이고 변화 앞에 유연하게 대처하려고 한다. 바람만 불어도 변하는 게 사람인데, 타인에게 한결같음을 기대하지 않도록 내 마음을 다스리는 쪽이 차라리 빠르니까. 어차피

나 역시 바람만 불어도 다른 시각으로 다른 생각을 하며 변한다. 사람은 전혀 한결같지 않다.

나는 오해를 바로잡아야 할까? 나를 변호하는 데 힘써야 할까?

사람들이 가십으로 떠들어대는 이야기 속의 사람은 내가 아니다. 그 사람은 그저 그들이 나라고 오해하는 사람일 뿐이다. 하지만 그렇다는 사실을 나는 알아도 그들은 모른다. 뫼비우스의 띠처럼 계속 원위치로 돌아오는 생각. 나는 오해를 바로잡아야 할까?

같은 생각을 반복하다가 각도를 틀어보기로 한다. 그동안 나로 살아본 결과 얻어진 나라는 사람의 데이터를 돌린다. 만약 내가 오해를 풀겠답시고 못생긴 말들을 뱉어낸다면 누구보다 스스로가 미워질 게 뻔하다. 이 상황에 있어 진실은 누구에게도 정의를 가져다주지 않을 것이고, 누군가에겐 상처만 될 뿐이라는 결론에 도달한다. 그간 지켜온 나의 방식이 틀리지 않았음을 확인한다.

결국 나는 타인의 오해를 시원하게 풀어줄 수 없다는 결론에 다다른다. 오늘의 소식은 아마 꽤 오랫동안 나의 불안에 좋은 연료가 될 것이다. 그저 미적지근한 고요를 유지하며 오해를 오해로 내버려둔다. 어떤 오해는 이렇게 지리멸렬한 이유로 굳어지기도 한다. 세상에 펼쳐진 수많은 오해에 그저 하나를 더 얹을 뿐이다. 이렇게 어쩔 수 없이 놓는 것들이 자꾸 늘어난다.

그냥 여기, 지금, 나를 오해하지 않는 사람들에게 집중하며 나머지는 알아서 자리를 찾도록 둔다. 같은 곳을 바라보는 사람들은 결국 다시 만나게 되어 있으니 우리가 운이 좋아서 언젠가 다시 인연이 닿는다면 오해를 넘어선 이야기를 나눌 수 있게 될지도 모르겠다. 나를 오해하는 사람에게 품었던 애정은 조용히 마음에 간직한다.

21세기의 대응 기제

나는 중요하지 않은 일에 과하게 많은 에너지를 쏟거나, 중요한 일을 헐렁하게 처리하는 등 조직 생활을 하는 사람들이 낯설게 느낄 만한 프로세스로 일을 처리하곤 한다. 물론 나를 사용하는 방법은 내가 가장 잘 알고 있고, 주어진 일을 효과적으로 처리하기 위한 나름의 요령이 있어서 마감은 꼭 지킨다. 당장 다음주 월요일의 마감을 앞두고 일주일 내내 전혀 생산적이지 않은 행동만 골라서 하더라도 토요일 낮부터 최대한 스퍼트를 끌어올려 일주일 치 집중력을 몰아서 작업을 할 수 있다면 그런 방식도 좋아한다. 하지만 불안의 계절이면 십수 년 차 프리랜서의 요령 따위는 전혀 통하지 않게 된다.

불규칙적으로 돌아오는 불안의 계절이다. 그래도 이번에는 불안이 꽤 오랫동안 나를 편하게 내버려두었다. 무사한 기분으로 잠들고, 일어나자마자 침대를 정리하고, 오목한 타원형 그릇에 아침을 차려 먹고, 청소기를 돌리고 이파리를 닦으며 보낸 평온한 날들이 두 계절을 꽉 채우고도 남는다. 꽤 긴 시간 동안 불안이 나를 온전히 내버려둔 것에 대해 고마움을 느낀다. 혹시 이 마음,

인질들이 인질범에게 가지는 스톡홀름 증후군이랑 비슷한가? 불안이 영영 사라지지 않을 거라 생각하는 것조차 이미 불안과의 싸움에서 일정 부분 패배했다는 의미인가?

불안한 가운데에 많은 일들을 해내는 사람들도 있지만, 나는 그런 부류의 사람이 아니다.

불안을 끌어안으면 해낼 수 있는 일의 양이 한없이 쪼그라든다. 두 걸음에 한 번씩 한숨을 쉰다. 한두 시간 안에 끝날 일들을 며칠씩 붙들어도 마무리하지 못하고, 가벼운 미팅도 미룬다. '절대로 마감만은 어기지 않는다'는 철칙을 가지고 살아가는 인간으로서 일정을 재조정하고 포기할 일들을 결정해야 하는 상황은 참으로 골치 아프다.

그래도 불안을 다루는 법을 전혀 모르던 시절에 비하면 비교적 나아졌다. 때에 맞는 대응 기제를 마련하고, 불안에 쏠려 있는 정신을 분산시킨다. 거대한 바위 같은 불안 앞에 능동적인 마음을 갖고 싶어서 불안을 형상화하며 단단한 바위가 아니라 쉽게 잘라 옮길 수 있는 두부 같다고 상상한다. 무기력한 상태로 거대한 모판에 담긴 불안이 나의 중심에 머무르게 두지 않고 적당한 크기의 조각 두부로, 조각난 두부를 젓가락으로 집어야 할 정도로 잘게 잘라 마음속 이 방, 저 방으로 옮겨 가며 하나씩 처리한다. 다리를 떨고 피젯 큐브를 딸깍거리고 휘파람을 불면서 작은 두부를 더 작게 잘라 최소한의 일상을 이어갈 수 있게끔 한다.

최근 애플워치를 다시 이용하기 시작했다. 슬그머니 스스로 팔목에 족쇄를 채운다. 수영할 때도 사용할 수 있도록 금방 마르는 재질로 만들어진 스트랩은 까끌까끌하고 가로세로 4센티를 조금 넘기는 정도의 크기일 뿐이지만 이 금속 덩어리는 은근히 무거워서 시계를 차고 있는 왼쪽 팔이 쉽게 피로해진다. 이렇게 귀찮은 스마트 워치지만, 심호흡 앱을 사용하기 위해 종일 팔목 위에 둔다. 불안이 노크해 오면 서둘러서 하던 일을 멈추고 눈을 감고 심호흡을 시작한다. 귓가엔 느리고 편안한 음악이 들려오게 한다. 감각을 차단하고 숨을 쉬는 일에만 집중한다. 손목에서는 연신 숨을 깊게 들이쉬라는 진동을 보낸다. '움직임을 멈추고 호흡에 집중하십시오'로 시작되는 심호흡은 팔목에 온화한 기척을 보내며 숨을 들이쉬어야 할 지점과 내쉬어야 할 지점을 알려준다. 스마트 워치 따위가 없이도 할 수 있어야 하는 간단한 숨쉬기일 뿐이지만, 불안한 나는 온전하지 못해서 진동의 도움을 받지 않고서는 심호흡은커녕 쉴 새 없이 동공을 흔드는 것 빼고는 아무것도 할 수 없다.

의식적으로 허파에 많은 공기를 넣었다 빼면서 경직된 마음을 달랜다. 먼저 5분, 다시 5분, 그리고 3분. 조금 나아졌나 눈을 뜨고 상태를 확인한다. 아직 괴롭다면 다시 5분, 3분, 1분. 심호흡을 모두 마치고 나면 스마트 워치는 조금 더 단호하고 짧은 진동을 보내며 '잘하셨어요' 하고 칭찬한다. 잘했다. 세상은 아직 무너지지 않았다. 버티지 못하고 차 문을 박차고 도망쳐 강변북로 가장자리에 멀뚱히 서 있거나 하는 일은 일어나지 않았다. 무사하다.

어둠을 달랠 수 있는 무기를 지니는 것은 매우 중요하다. 부디 이 21세기적인 대응 기제가 오랫동안 나의 불안을 달래는 데 효과가 있기를 바라는 마음으로 큰 숨을 들이쉬고 내쉬며 어려운 순간을 견뎌낸다. 스마트 워치로 심호흡하기라니…! 10년 전에는 상상할 수도 없는 종류의 대응 기제였지만 10년 후에는 어떤 더 나은 무기들이 내 손에 쥐어질까 기대하는 마음으로 오늘 치 불안을 멀리 밀어낸다. 불안의 계절은 이번에도 나를 정신없이 흔들다가 작은 흔적을 남기고 사라질 것이다.

여름에서 가을로

산책로의 플라타너스들이 이파리를 떨구기 시작했다. 벌써 올해도 이만큼 왔다. 바스락거리는 거대 이파리들이 산책로를 가득 메우면 낙엽 사이로 추락하는 기분을 느끼는 발걸음이 즐거워진다. 무엇이 숨어 있을지 알 수 없는 미지의 걸음.

산책을 나온 동물 이웃들이 이파리 사이를 신나게 뛰어다닌다. 낙엽 사이로 다리가 푹 잠겨 뛰는 작은 개들은 낙엽 위로 수영을 하는 것 같은 모습이다.

어제는 하얗고 작은 개를 보았다. 산책로를 신나게 누볐을 개의 몸에는 낙엽 가루가 잔뜩 묻어 있었다. 만족스러운 외출이었는지 아주 의기양양해 보였다. 짧은 줄을 사이에 두고 함께 걷는 인간은 어이없다는 표정으로 바라보며 뒤따라 걸었다. 아, 가을의 산책은 얼마나 즐거운지!

플라타너스가 이파리를 모두 떨구고 나면 본격적으로 노란 은행나무 이파리가 흐르기 시작한다. 풍경이 온통 하얗고 고동인 겨울로 바뀌기 전 오색찬란한 짧은 가을이 귀하다. 세상의 모든 이파리가 다 흘러내리기 전에 노랑, 빨강, 갈색과 그 사이의 모든 색을 목격할 수 있을까?

낮에는 흙을 만지고 땀을 흘렸다. 커다란 흙 포대를 나르다 보니 목덜미에 솟아난 땀이 뚝뚝 떨어졌다. '아… 그래도 아직 여름이네…!' 싶지만, 해가 저무는 시간부터는 저절로 공기가 한적하게 바뀐다. 한바탕 흙과의 시간을 보내고 미지근한 물로 개운하게 씻는다.

요즘 일과 중 가장 충만한 시간은 저녁 다섯 시 반부터 일곱 시까지다. 책 읽기 딱 좋은 밝기의 고요한 시간이다. 해의 기세가 스르르 꺾이기 시작하면 서둘러 마실 것과 핸드폰을 챙겨 테라스로 나간다. 한 시간 반. 90분. 5,400초가 이렇게 빠르게 지나가는 시간이었나? 언제나 좋은 시간은 너무 빠르게 흐르고 견디는 시간만 지루하게 남는다. 딱 좋은 순간에 그 소중함을 알아차리고 만끽할 줄 아는 사람이고 싶다.

근사한 계절의 공기와 동네의 소음을 섭취한다. 공기에 실려 부유하는 냄새를 맡으며 이웃집의 저녁 메뉴가 뭔지 맞춰보기도 하고 멀리서 지나가는 구급차 소리를 들으며 갑자기 위기를 맞이한 얼굴 모를 누군가가 부디 무사히 밤을 맞이할 수 있도록 마음속으로 '도와주세요'

부탁하기도 한다. 구급차에 누워 있는 얼굴 모를 누군가보다 훨씬 더 멀리에 있는 존재가 그를 살피기를 바라는 마음을 담는다.

네버 세이 네버Never say never라고들 한다. 불확실한 인생에 '절대로' 확신하는 일을 만들기는 어렵다. 사람도, 일도, 스스로에 대해서도 그 무엇도 확신할 수 없지만 그래도 한 가지만은 정말 확실하다. 나는 '절대로' 죽는 날까지 읽고 싶은 모든 책을 다 읽지 못할 것이다. 내 책장에는 읽고 싶어서 사두고 아직 읽지 못한 책들이 너무 많은데 읽고 싶은 책은 계속 더 추가되는 중이다.

집 안에서 읽을 책보다 저녁의 테라스에서 읽을 책은 더 정성스럽게 고른다. 보통은 내 마음속에 '좋을 것이 분명한 작가'로 분류된 작가들의 신작을 읽지만, 아무런 정보가 없는 작가의 책을 끼워 넣기도 한다. 의외성이 나를 살짝 자극하도록 책장을 펼친다. 전등의 불빛을 빌리지 않고 내 눈에 읽혀 마음에 새겨지는 문장은 전자책으로 읽는 문장이나 형광등 아래에서 읽는 문장에 비해 훨씬 순순히 내 시스템에 입력된다. 분명히 이 책을 만든 사람들은 어떤 크기의 책을 어떤 종이에 어떤 글씨체로 인쇄해야 독자가 책의 내용을 온전히 받아들일 수 있게 될지 고민하고 또 고민했을 것이다. 결정은 뒤바뀌고 제자리를 찾아가며 한 권의 책이 완성된다. 책 뒤에 숨은 사람들의 고민까지 함께 읽고 싶어서 전자책보다 종이책이 좋다. 되도록 음악은 듣지 않는다.

완벽한 독서를 기대했지만, 평안을 방해하는 존재가 있다. 올해는 여름이 유난히 뜨거웠기 때문에 가을 내내 모기가 극성일 것이라는 뉴스가 있었다. 어째서 슬픈 소식은 틀리는 일이 없는지! 몇 마리인지 모르겠는 모기들이 쉬지 않고 맴돈다.

매년 모기에 물려 죽는 사람이 전 세계적으로 100만 명이나 된다고 한다. 지구상에서 인간의 목숨을 가장 많이 빼앗은 동물이 모기라고 하는데 별로 놀라운 일은 아니었다. 혹시 내가 아주 희박한 확률로 모기에 물려 죽게 된다면 어쩔 수 없지만, 한낱 모기 때문에 어렵게 건져 올린 단어가 흩어지고 단잠에서 깨어나는 것만은 용납할 수 없다. 모기 다음으로 인간의 목숨을 많이 빼앗는 동물은 인간이란다. 그것도 별로 놀라운 일은 아니다.

밤이 새벽으로, 새벽이 아침으로 변하는 순간들을 좋아한다. 밤도 아니고 새벽도 아니고 여름도 아니고 가을도 아닌 순간은 아주 짧고 아름답다. 급격한 변화에 몸이 고달파지긴 하지만 계절이 바뀌는 시기에만 느껴지는 익숙하고도 낯선 감각은 내가 무사히 살아 있음을, 존재함을 느끼게 해준다. 영원 같던 밤을 비집고 빛이 파고들어 아침이 오고, 숨고 싶도록 뜨겁던 낮을 밀어내며 서늘한 그늘이 진다. 세상이 바뀌는 순간. 그렇게 모든 것이 변한다.

집 밖에서 느낄 수 있는 변화를 가까이 두고 살아갈수록 일상에는 생동감이 보태진다. 밤의 내가 성실하고 꼼꼼하게 이파리를 닦을수록 아침의 내가 일찍 일어나서 씩씩하게 침대를 정리하고 커피를 마시며 하루를 열 수 있게 된다. 벤엔제리 쿠키도우 아이스크림을 통째로 들고 침대에 깊숙하게 파묻혀 온종일 넷플릭스나 보고 싶어 하는 욕망을 붙들고 2층의 작업실로 출근하려면 내 마음에 따뜻한 장면을 자주 보여주고 살아 있는 것들을 느끼게 한다. 편안한 사람과 맛있는 음식을 나누어 먹으며 좋은 대화를 하고, 인적이 드문 공원을 슬렁슬렁 한 바퀴 돌고 나면 좋은 문장이 떠오르는 밤이 있다. 그렇게 좋은 밤의 기억을 곱게 접어 마음이 어두운 날의 나를 위해 주머니에 넣어둔다.

좋아하는 것들에 대해 더 많이 이야기하고 더 많이 쓰고 싶다. 어둠을 보는 시간보다 빛을 보는 시간이 훨씬 길었으면 좋겠다.

마음이 단단하게 굳어지지 않도록 마음의 연료로 반짝이는 것들을 넣어 막 완성된 떡처럼 말랑한 구석이 존재하는 사람이고 싶다. 글을 마칠 때가 되니 어느덧 밤이다. 오늘의 평안한 시간을 마치고 오늘의 깜깜한 시간을 위해 집으로 들어간다.

당신이 이 밤을

무사히 보냈으면 좋겠습니다

지난밤엔 단잠을 자다가 천둥소리에 깨어났습니다. 어제오늘의 번개는 '우르릉 쾅쾅'에서 끝나지 않고 '우르릉 쾅콰르르릉갸릉쾅웅캬 우지끈'까지 이어지더라고요. 금방 다시 잠이 들 수 있었으면 좋았을 텐데, 번개의 잔소리를 듣느라 잠이 홀딱 달아났어요. 당신도 이 커다란 천둥소리와 무서운 빗소리를 듣고 있나요? 가을이라기엔 너무 요란한 비가 자주 내리네요.

잠에서 깨어나 당신을 떠올렸습니다. 오늘 제대로 밥을 먹었을지, 물은 충분히 마셨을지, 어떤 밤을 보내고 있을지 시시콜콜한 이야기가 궁금했습니다. 소식을 들은 이후 당신이 받았을 상처가 저의 마음에서도 따끔거리고 있어요.

어쩌면 당신은 아직 잠이 들지 못하고 집 안을 서성이고 있을까요? 자신을 탓하고 있을까요? 너무 길게 남은 미련에 놀라고 있을까요? 후회하고 있을까요? 그 괴로움의 한구석을 제가 나눠 들 수 있다면 좋을 텐데요. 그렇지만 격의 없이 먼저 연락하기엔 새벽이 너무 깊네요.

쌓아 올리고 또 쌓아 올려도 자꾸만 무너지는 것들이 있잖아요. 하나씩 쌓기는 힘겨운데 잠깐만 다른 곳을 보아도 속절없이 무너지는 것들이요. 가끔은 지키려고 노력할수록 더 망가지는 기분이 들기도 하고요. '공고하게 더해나가기는 어째서 이렇게까지 어려워야 하나…' 싶어요. 오늘 밤엔 공기조차 원망스럽네요.

제가 가장 처참하게 무너졌을 때는 매일같이 '이대로 멈춰버렸으면, 모든 것이 끝나버렸으면…' 하고 빌었습니다.

저는 당신처럼 믿음을 가진 사람이 아니라서 기도를 들어줄 누군가를 정해두고 빌지는 않았고요, 그냥 저 멀리 누군가에게 속절없이 빌었어요. 무슨 일이 일어나도 똑같이 흘러가는 하루 속에 잠시 멈춤 버튼을 누를 수도 없고, 로그아웃할 수도 없다는 사실이 삶의 가장 큰 잔혹성 아닐까요? 그래도 당신은 저보다 강한 사람이기를 바라봅니다. '모든 것이 끝나버렸으면…' 하고 바라기보다는 '지나갈 거야…'라고 생각하고 계시면 좋겠어요.

혹시 '이대로 멈춰버렸으면…' 하고 바라고 있다고 해도 전혀 이상한 일이 아닙니다. 그냥 시간이 필요한 거예요. 뜨거운 마음이 조금 식어서 객관적으로 바라볼 수 있게 될 시간이요.

오늘 밤 받아들여지지 못한 당신의 진실은 어디를 향하게 될까요? 가끔 중요한 건 진실이 아니라 사람들 마음속에서 가장 마음에 드는 정답일 뿐입니다. 해명하려 해봐도 각자 믿고 싶은 대로 믿고, 생각하고 싶은 대로 생각할 뿐이죠. 이 사회는 신랄함을 참 좋아하는 것 같아요. 그 신랄함의 화살이 자신을 향하지 않을 때 말이에요. 우린 아마도 지나치게 많은 오해를 받은 상태로 계속 살아가게 되겠지요.

세상에는 정말 많은 사람이 있어요. 나와는 다른 곳을 보고, 다른 길을 걷는 모든 사람에게 이해받기는 어차피 불가능한 일이고요. 다 알면서도 나를 이해하지 못하는 사람들의 눈빛은 여전히 상처가 되더라고요. 상처란 정말이지 아무리 반복되어도 익숙해지지 않고요.

타인의 세상을 부수는 데는 여러 가지 방법이 있잖아요. 가장 믿어왔던 사람을 가장 깊게 찔러 갑자기 완전하게 부수는 경우도 있고, 오랜 시간에 걸쳐 부정적인 말들로 한 조각씩 무너뜨리는 방법도 있지요.

어쩌면 우리는 모두 타인의 붕괴에 책임이 있는 걸까요? 나도 모르는 사이에 타인의 세상을 해치는 존재로 살아왔을까요? 그 어떤 세상도 부수지 않고 나의 세상을 지키는 방법은 없을까요? 완벽하게 지키고 지켜주는 것, 불가항력이 존재하는 삶에서 그런 이상향을 꿈꾸는 건 어리석은 일일까요?

답을 다 알고 있으면서도 저는 자꾸 당신에게 물어보고 싶습니다. 평안한 당신과 마주 보고 앉아서 좋은 대화를 나누고 싶어요.

손이 뜨거워지고 머리가 쉬지 않고 심장까지 쿵쿵 뛰는 당신의 밤을 떠올립니다. 어렵겠지만요, 식사를 꼭 챙기시고 물도 충분히 드세요. 수면제의 도움을 받아서라도 잠을 주무셨으면 좋겠습니다.

그리고 부디 그 밤의 꿈속에서는 따뜻하고 즐거운 일들이 펼쳐지면 좋겠어요. 당신이 이 밤을 무사히 보내고 앞으로 다가올 수많은 밤의 괴로움에 지지 않았으면 좋겠습니다. 아주 오랜 시간이 지나고 나면 '그래도 살아 있길 잘했다'며 덧없이 함께 웃는 날이 오기를 바랍니다.

좋은 순간이 올 거예요.
약속해요. 분명히 다시 찾아옵니다.
그 순간에 가닿기까지는 제가 여기에 서 있겠습니다.

천둥소리에 깨어나
아침까지 다시 잠들지 못한
이랑 올림

epilogue

아무도 듣지 않는 노래, 누구도 읽지 않는 글에도 생명이 있는 것일까?

어디에도 내보인 적 없던 글을 책으로 엮으며 이 책을 한 자 한 자 읽어주실 분들 덕분에 내가 여전히 창작자로 살아갈 수 있음을 실감한다. 당신은 어떤 계절의 어떤 시간에 앉아 이 문장을 읽고 있을까? 햇살이 내리쬐는 공원일까, 편안한 조도의 침대 위일까? 나는 항상 당신 이야기가 궁금하다.

이 책에 실린 글들이 나에게보다 내가 모르는 누군가에게 더 큰 의미를 가진 글이 되기를 희망한다. 어쩌면 너무 큰 욕심일지 몰라도 매번 새 작품을 내놓을 때마다 '필요한 사람에게 가서 도움이 되어라' 주문을 걸며 민들레 씨앗을 불어 보내는 심경으로 나의 한 조각을 힘껏 불어 내보낸다.

식물들에 대한 이야기를 쓸 때는 자연스럽게 친절하고 따뜻한 사람이 된다. 빛으로 향해 고개를 돌리는 이파리처럼 햇살을 피하지 않고 사는 시간에 대해 적다 보면 자연스럽게 폭신한 단어를 나열해놓곤 한다. 거기에는 그만큼 따뜻하고 정직한 아름다움이 있다. 식물과의 시간을 벗어난 나머지 시간에 관해 쓰는 일은 전혀 다르다. 때로는 거칠고 차갑다. 혼자 키보드를 두드리다가 때로는 화가 나서 상기되거나 불안해서 노트북을 버려두고 도망치기도 했다. 그렇지만 꼭 뾰족한 감정만 있는 건 아니다. 나의 안쪽을 더 농밀하게 두드려 한 편 한 편 글로 완성하며 깊은 곳에서 솟는 짜릿한 즐거움도 있다. 그 즐거움을 오래도록 기억하고 싶다.

하염없이 길을 잃고 바람의 방향으로 휩쓸리는 시절엔 훌륭한 창작자들의 책과 영화와 세상에 흩뿌려진 말들을 통해 새로운 길을 보고 걷는다. 그렇게 객관의 길을 볼 수 있도록 도와준 세상의 수많은 작품과 서슴지 않고 한쪽을 내어주던 친구들의 시선에 감사한다.

내게 일어난 나쁜 사건으로 세상을 정의하다 보면 금세 마음이 차갑게 변한다. 뭐든 좋아지기는 어려워도 나빠지는 건 한순간이니까. 누군가에게 받은 한 번의 무례함이 세상 모든 사람에 대한 냉소로 바뀌고, 한 번의 골때리는 이별로 인류에 대한 믿음을 모조리 잃기도 한다.

냉소가 다시 따뜻함이 되고 잃어버린 믿음을 찾는 것은 삶의 전반에 걸쳐 회복해야 할 문제다. 상처받은 마음이 냉소와 불신으로 이어지기는 쉽지만 그렇다고 해서 굳은 마음으로 살아가다가 친절한 아름다움마저 놓쳐버리지는 않으려 한다.

이기적이고 위선적인 사람들이 원하는 것을 더 쉽게 쟁취한다는 사실을 마주할 때마다 좋은 사람으로 살아가는 것에는 과연 어떤 의미가 있는지 다시금 생각하게 된다. 인류애를 상실케 하는 소식, 매일같이 접하는 나쁜 이야기에 마음이 모조리 지배당하지 않기 위해 세상의 친절함과 아름다움을 마주할 때마다 더 열심히 마음에 저장한다.

마음에 꼭 필요한 도움을 받는다, 제때 필요한 마음을 써 내려간다, 한 줌의 용기를 움켜쥔다, 마음의 온도를 조절한다. 좋은 것은 좋다고 받아들일 수 있는 상태로 살기 위해 읽고, 쓰고, 듣고, 부르며, 하염없이 걷는다.

과거의 불행이 지금의 평안을 해치지 못하도록 최선을 다해 방어벽을 쌓는다.

깨어 있고 싶다. 눈을 크게 뜨고 세상의 이모저모를 감각하며 살고 싶다.

아름다움과 추악함, 기쁨과 괴로움 모두 내 안에서 충분히 소화해 나가며 내 방식의 일상을 살고 싶다.

이제 막 세상으로 불어낸 나의 씨앗은 아스팔트 길 위에서 밟히고 강에 떨어져 잠겨버리거나, 봄이 괴로운 비염 환자의 코끝을 간지럽히기도 할 것이다. 그래도 역시 개중 운이 좋은 몇 개의 씨앗이 친절한 흙 위에 자리를 잡고 단단하게 뿌리를 내려주기를 바라며 이 책을 건너 다음으로 간다. 또 다른 이파리를 올리고 꽃을 피우며 열매를 맺기 위해 살아간다. 툭하면 튀어나오는 냉소와 불신을 지우고 다가올 새로움을 기대하는 마음을 옆구리에 꼭 끼고 간다.

불안이 나를 더 좋은 곳으로
데려다주리라

1판 1쇄 발행 2022년 8월 26일
1판 3쇄 발행 2023년 1월 21일

지은이 임이랑
발행처 (주)수오서재
발행인 황은희 장건태
책임편집 황은희
편집 최민화 마선영 박세연
마케팅 황혜란 안혜인
디자인 권미리
제작 제이오
주소 경기도 파주시 돌곶이길 170-2 (10883)
등록 2018년 10월 4일(제406-2018-000114호)
전화 031 955 9790
팩스 031 946 9796
전자우편 info@suobooks.com
홈페이지 www.suobooks.com
ISBN 979-11-90382-72-4 (03810) 책값은 뒤표지에 있습니다.